作者／松浦
插畫／keepout

轉生後的我成了英雄爸爸和精靈媽媽的女兒 5

Kadokawa Fantastic Novels

彩頁、內文插圖／keepout

艾倫
主角，元素精靈。外表是小孩，內心是大人（自認為！）。

奧莉珍
艾倫的母親，精靈女王。天真開朗，身材火辣的超絕美人。

羅威爾
艾倫的父親，前英雄。溺愛妻子奧莉珍和女兒艾倫。

凡
風之精靈，敏特的兒子。和凱締結契約。

奧絲圖
好戰的精靈，也是靈牙的統領。凡的母親。

索沃爾・凡克萊福特
羅威爾的胞弟。公爵世家凡克萊福特家當家。騎士團團長。

拉菲莉亞・凡克萊福特
索沃爾和艾莉雅的獨生女。見習騎士。

凱
艾伯特的兒子。受命擔任艾倫的護衛。

伊莎貝拉・凡克萊福特
羅威爾和索沃爾的母親，艾倫都叫她「奶奶」。

羅倫
凡克萊福特家能幹的總管，艾倫都叫他「爺爺」。

拉比西耶爾・拉爾・汀巴爾
汀巴爾王國的腹黑國王。很中意羅威爾。

賈迪爾・拉爾・汀巴爾
汀巴爾王國的王太子。個性認真，態度溫和。

休姆・貝倫杜爾
治療師。和精靈艾許特締結了契約。

莉莉安娜
休姆的母親。正在凡克萊福特家療養。

艾莉雅
索沃爾的前妻，也是拉菲莉亞的母親。受到女神定罪後失蹤。

卡爾
見習騎士。老是跟拉菲莉亞作對。

楚
掌管真相的大精靈，擁有看清真假的能力。

人物介紹
character

序章

從汀巴爾國搭乘馬車，大約耗費三天的距離，會抵達一個名為菲爾費德的小領地。

這座城鎮面山，周邊有許多河川、湖泊等濕地，樹木長得非常茂密。

因此這裡的人以森林為中心生活，以種植小麥、根莖作物等農作為大宗，也有人種蘋果、橘子等果樹，還有人會回收果樹修剪下來的枝葉，從事生產柴火和黑炭等農業。

治理這塊土地的伯爵家當家名為傑佛瑞．菲爾費德，他才三十幾歲，剛從父親那裡繼承領地。不過他很積極經營領地，最近還致力於利用果樹養蜂。

之所以如此，也是因為他著眼於最近展現了顯著成長的凡克萊福特領的事業。

幾年前的凡克萊福特家在前公主艾齊兒的惡行下，被周圍的貴族們當成笑柄。但後來隨著英雄歸來，他們搖身一變，事業也就回春了。

他們制裁蠶食凡克萊福特家的艾齊兒，並突如其來展開領地改革。那樁樁件件的力挽狂瀾，都讓貴族們不禁屏息。

成為汀巴爾新任國王的拉比西耶爾自幼就非常中意英雄羅威爾。儘管艾齊兒讓他臉上無光，他還是笑著原諒。

英雄總與王室作對，卻又深受寵愛，以周遭貴族的角度來看，是非常可怕的存在。

他不只受到國王垂愛，還有不沉迷於名聲的人品，以及身為精靈魔法師的力量，此外在經營領地方面，就像一眼智慧之泉那樣，給予身為領主的弟弟建言，在轉瞬之間讓領地發展至此。

貴族們見狀，無一不慌亂。因為根據傳聞，英雄從精靈界帶回能治好不治之症的「神藥」。

每個人都想得到這種藥，讓凡克萊福特領一時之間陷入混亂。

聽聞這種藥後，最先行動的人是汀巴爾王室。

凡克萊福特再怎麼勢大，也無法拒絕王室的要求，因此決定只跟王室交易這種藥。

既然人家是王室，也就不可能出言批判。而且要是有人從中作梗，便會遭到王室制裁。

這樣的消息傳得滿城風雨。

接著像是要印證這個說法一樣，馬上有零星和凡克萊福特扯上關係的家族被擊潰。

檯面上公告的罪狀有很多，但眾人都在檯面下傳著「他們為了藥，對凡克萊福特出手」。

就算為了吸吮甜美的蜜汁，考量其中的危險性後，收手才是妥當的選擇。也有人是不想被王室盯上。

既然不能分到凡克萊福特事業的一杯羹，便只好模仿。這就是傑佛瑞的想法。

後來凡克萊福特領甚至因為病人接踵而至，陷入人手不足的窘境。

但英雄還是輕輕鬆鬆解決了這個問題。

求藥而來的病人們康復後，因為深感領地給予的恩惠，紛紛請求移居。

這麼一來，下一個問題就是糧食不足了。但不知怎地，凡克萊福特領的氣候有好一陣子都非常平穩，完全沒有天災。

小雨趁著夜晚一直下，因此沒有缺水問題。這樣平穩的天氣，宛如精靈給予的祝福。

接著領地持續豐收，彷彿印證著這樣的想像。後來收割人手不足，他們大舉徵人。

隨後商人造訪，採買作物，推動金錢流動，讓更多的人前往。

豐收不斷持續，使得作物供過於求，這時領主宣布以物代稅，徵收農作，此舉讓眾人非常訝異。他們再將徵收的作物供給病人。

不夠的錢應該是利用賣藥給王室的錢周轉吧。傑佛瑞實在嘖嘖稱奇，只覺得這是多麼理想的光景。

凡克萊福特只用了寥寥數年，成了人人欽羨的土地。那讓傑佛瑞夢想著：要是自己的領地也能有這般發展就好了。

在凡克萊福特領中，繼藥品之後崛起的東西，是一種可做為食用糖材料，名為「甜菜」的作物。

國家原本就有在栽培甜菜，但為了達到能製成砂糖的量，於是必須大量栽培。在這樣的認知普及前，眾多的人便因為魔物風暴喪生，陷入人手不足的狀態，因此優先生產小麥與玉米，甜菜就這麼不被人所重視。

凡克萊福特趁著有多餘的人力和優良的氣候，開始大量生產甜菜。周遭的貴族也對此舉感到訝異。畢竟就算能以砂糖獲利，也不知道要花幾年、幾十年才能達到那樣的量。

沒想到甜菜居然短短一年就大豐收。他們甚至把製作砂糖後產生的菜渣，拿來當軍馬的飼料。

凡克萊福特也是個軍事領地，當然會培育軍馬，不過會耗費龐大的費用。正因如此，馬匹才價值不菲。

馬不管有幾匹都用得上，但在自己領地培育比在外購買便宜許多，因此會買凡克萊福特領的馬的人，頂多只有王族。

此外，由於凡克萊福特的馬是軍事用馬，必須維持在一定的數量。換句話說，他們是一個扛著莫大基本維持費的領地。

（居然在短短幾年間做出解決這些問題的事業……英雄真是有一套。）

傑佛瑞越是調查凡克萊福特領，就越是讚嘆。

如果要搭上凡克萊福特的順風車，他的領地也只有還算充足的養蜂蜂蜜能用了。

倘若作物越堆越多，接著需要的就是保存方法。

隨著豐收的小麥和砂糖進入市場，利於保存的麵包、點心也會漸漸出現。

其中一旦以貴族為中心的點心開始流通，等滿街的人都被那份甜味俘虜，也只要轉瞬之間。

能乘上這波浪潮的東西，就是蜂蜜。

就是現在了——傑佛瑞感覺到一股使命感鞭策著自己向前。

＊

傑佛瑞帶著幾名護衛，來到一個名為崔斯坦的男人面前，他是這一帶負責管理養蜂的人。

傑佛瑞希望崔斯坦能擴大養蜂場的規模。

但崔斯坦的父母已經過世許久，這段時間都是他一個人在管理養蜂場。再擴大規模，他也難以管理，所以傑佛瑞表示會介紹人手，不斷說服他雇用人丁。

在這個時候，傑佛瑞接獲聯絡，說崔斯坦的伯父夫妻不久前來到這裡。那對夫妻原本在王都附近的城鎮經營餐館，但終究不敵年歲，所以收起餐館，開始尋找落腳處。

崔斯坦掛念那對夫妻，於是跟領主商量，是否能批准他們移居來此。

傑佛瑞知道這件事後，說服崔斯坦把他們接來菲爾費德，並雇用他們在養蜂場工作。傑佛瑞認為只要確保人手，崔斯坦就會同意擴大養蜂場了。

傑佛瑞和崔斯坦也算是從小一起長大，多少明白彼此的為人。

崔斯坦雖然寡言勤奮，卻不擅與人交往，所以與其雇用陌生人，親戚朋友會比較理想。這點傑佛瑞也很清楚。

而且既然伯父夫妻曾經營餐館，就可以代替崔斯坦與人溝通了。

「好運終於要來了！」

傑佛瑞覺得自己行走的道路前方充滿光明。

＊

傑佛瑞見了前來依靠崔斯坦的伯父夫妻，好不容易徵得雙方同意，在回程的馬車中興奮不已。

「商量了這麼久，天色都黑了。真想早點回去喝杯紅酒。」

「這主意真不錯，老爺。」

對面的座位坐著從父親那一代就以祕書身分輔佐工作的高登，他也開心地笑了。

傑佛瑞和高登的年齡差距比父子還大，從小就受他照顧，因此將他視為養父景仰。這樣的高登表露欣喜之情，讓傑佛瑞感到非常開心。

「未來將會是甜點的時代。我看了凡克萊福特之後，就這麼想了。我大概無法奢望像他們那樣的發展，但我們可以用我們的辦法，讓菲爾費德富饒。」

「您這話真像一劑強心針。」

高登聽了傑佛瑞的話，充滿感激。傑佛瑞因此心情大好，提議回家後，一起喝杯酒。

高登開心地點頭答應。但下一秒，隨著馬匹傳出嘶吼聲，馬車也大大晃動，他們兩人都失去平衡。

傑佛瑞急忙伸手，想護住年歲已高的高登。

「沒事吧，高登！」

「抱歉，勞煩您了……我不要緊。老爺有沒有受傷？」

「我沒事……到底是怎麼了？」

幸好馬車免於翻覆。傑佛瑞吐出安心的氣息，知道光是這樣就算一大救贖了。

為了窺探外頭的情況，傑佛瑞拉起蓋在車窗上的簾子，單眼透過小小的縫隙往外看。

『怎麼了！』

外頭傳來護衛的怒吼聲。因為天已經黑了，傑佛瑞的視野是一片漆黑。他看得見護衛們的手持提燈發出些微亮光，但不像被盜賊包圍。

「看樣子不是遇上賊人……難道是輾到什麼了嗎？」

「老爺，我出去看看吧。」

「……好，你要小心喔。要是你有什麼萬一，大家都會傷心。」

「謝謝您，我會小心。」

最近強盜已經少了很多。他們似乎覺得人多的地方獵物較多，所以受害地點都集中在凡克萊福特的周邊。

但傑佛瑞知道，這應該也只是暫時的。凡克萊福特是軍事領地，有眾多現役騎士，盜賊們可能會覺得容易被抓住，於是折回來。

高登將車門打開一條縫，迅速走出去。傑佛瑞馬上鎖上門鎖，並握緊劍，以防萬一。

傑佛瑞緊張地警戒著外面，隨即聽見護衛的慘叫響徹周遭，他不禁瑟縮肩膀。

『嗚哇啊啊啊！怪、怪物……！』

一聽到怪物，傑佛瑞開始環伺車廂內。野獸可以用火對付。他拿下掛在車廂內的提燈，用左手拿著提燈，另一隻手握緊劍柄，就這麼衝出車廂。看來他們不是遇上夜盜，而是野獸。

他們必須快點逃，因此他本想叫高登回到馬車中，沒想到竟撞見一幅異樣的光景。

「女人……？」

對方的身體從頭到腳蓋在偌大的布料之下，但那纖細的體格毫無疑問是女人。那個女人似乎不喜歡提燈的亮光，一看到他們，便深深拉下帽兜，匆忙逃走。

「呃……喂！」

傑佛瑞下意識叫住她，但想也知道對方不會停下來。他的聲音讓護衛們回過神，本想追上去，然而視線這麼糟，根本不利追蹤。

「停下來！別追了！」

傑佛瑞出聲阻止，護衛們才急忙回到他的身邊。

「所有人都沒事嗎？」

「是……是的……突然有東西跑出來，我們還以為撞到了……」

「既然對方用跑的離開了，應該不要緊吧。膽子可真大。」

傑佛瑞放鬆緊繃的肩膀，只覺得馬車沒有翻覆真是太好了。

「幸好現在是晚上。要是在這條路上過度勒馬，馬車一定會翻覆。」

聽了護衛說的話，傑佛瑞便放心了。他們不知道被撞的女人是否有受傷，但剛才如果弄個不好，他們就死了。雖然對她不好意思，不過既然她是跑走的，那就不要深追了。

「先確認馬跟馬車有沒有異狀，快點回家吧。」

「是！」

傑佛瑞說完，眾人點了點頭，各自散開了。

趁著一個人去確認馬的狀態和車輪時，傑佛瑞上前關切嚇軟了腿的護衛。他伸手攙扶對方站起，詢問是否有受傷。

幸好對方也沒受什麼傷。知道他們平安無事後，傑佛瑞鬆了口氣，改而尋找高登的身影。

他拿著提燈照亮左右，就這樣繞了馬車一圈。看來高登人在另外一邊。

「高登？你在這邊嗎？沒事吧？」

「老……老爺……」

傑佛瑞不解地看著發出顫抖嗓音的高登。他第一次見高登這麼倉皇。

「高登？」

「女……女人……」

「你等冷靜一點，高登。女人已經跑了，不用管她了。」

「一……一身黑的女人……」

「什麼？一身黑？」

傑佛瑞反射性回問，接著高登叫道：

「那個女人全身都是黑的！她……她是怪物！」

以這件事情為開端，菲爾費德開始了霉運當頭的日子。

第三十話　傳言

汀巴爾王城的其中一個廳室內，有個人看著桌上堆積如山的文件嘆息。他是王太子賈迪爾。明明一大早就開始對付這堆文件山了，卻完全沒有減少的跡象。

雖說他已經開始處理從父親拉比西耶爾那裡轉來的部分文件，紙堆的量卻是一著手處理，又會隨之增加，這讓他的嘆息也成比例增加。一旁的護衛勒貝看了不禁苦笑。

「您要稍微休息一下嗎？」

「不，不用。反正就快中午了，我想在中午前把這裡的分量處理完。」

「知道了。那我幫您倒茶吧。」

「拜託你了。」

賈迪爾通常是早上處理文書，下午進行劍術或馬術活動身體。至於晚上，最近常常跟著陛下進行餐會。

「下午的行程是什麼？」

「聽說吃完午餐後，陛下有話要說。之後要騎馬。」

「……這樣啊。」

勒貝行了禮致意，前往隔壁房間拿泡茶的用具。

賈迪爾稍微思索直接被身為國王的拉比西耶爾傳喚的理由，卻毫無頭緒。畢竟對方曾經把他叫去問「近況如何？」這種問題，賈迪爾歪著頭，猜想說不定只是想知道他的辦事進度。

但如果只是這種程度的問題，照理說也能在幾個小時前共進早餐時詢問。因此賈迪爾想到了一個可能性，就是要追加新的工作。

根據其內容，他現在進行的工作或許會停滯。

（那件事之後，我居然學會懷疑了。）

賈迪爾一邊苦笑，一邊想著。

為了讓事情往哪邊發展都能應付，賈迪爾認為現在應該要先儘早淨空眼前的紙堆，就這麼一份接著一份處理了。

＊

賈迪爾從學院畢業過了兩個月。自從負責經營學院的貝倫杜爾家被剿滅，也迅速過了半年。

原以為學院會在那之後陷入混亂，沒想到幾乎沒出亂子。想想也是，因為所有人都大肆

討論著和大精靈締結契約的凱。

對在校生來說，只覺得少了一個囉嗦的老師。

知道貝倫杜爾家倒台後，會為之震驚的人，頂多也就只有周邊貴族和向領土納稅的領民罷了。

貝倫杜爾在檯面上以引起魔物風暴的元凶罪名，遭到公開處刑。附加的罪名尚有諜報活動。

這件事實公開後，魔物風暴的被害人們全都把怒火指向貝倫杜爾。

與魔物對峙受傷的人、失去家人的人、失業的人。儘管事情已經過去十幾年，情況卻像原本悶燒的小火一口氣爆炸，火勢燒遍貝倫杜爾領地全境。

貝倫杜爾的宅邸被人放火燒毀，只剩瓦礫，暴動甚至差點蔓延到學院。但索沃爾已在事前料到，為了守護學生們，他率領騎士團守著學院，這才平安無事。

學生們在封閉的學院內生活，感覺就像騎士科的訓練一樣。

貝倫杜爾公開處刑時，現場聚集了滿心怒氣的人們，結果成了讓人難以直視的淒慘場面。

那幅光景烙印在賈迪爾的腦中，偶爾會化為惡夢侵襲他。

貝倫杜爾的祖先犯下的罪行，就跟汀巴爾王室犯下的罪過相同。

在這些被精靈們定罪也不奇怪的人當中，為什麼自己還活著呢？賈迪爾心中浮現了這道

純粹的疑問。

他曾經問過拉比西耶爾。而答案出乎他的意料。

『我也問過羅威爾。他說一旦大精靈集合，攻擊根本沒辦法細膩到只滅了一個家族。他們會把整個國家轟掉。』

『天啊……』

『他說如果人類大量死亡，對女神來說很麻煩。唉，其實就是有放我們一條生路的理由吧。』

拉比西耶爾笑著這麼告訴賈迪爾。接著就像想起什麼似的，又補充道：

『然後他警告我別發動戰爭。難歸難，但我也只能努力實現這個要求了。戰爭是金錢的來源。世上有很多人被慾望蒙蔽雙眼，只想著發動戰爭，要壓著他們實在很辛苦。』

拉比西耶爾道出辛勞，一旁的賈迪爾卻一臉嚴肅。

『我們被女神放過一條小命，也被羅威爾和艾倫幫助著。這點你懂嗎？』

拉比西耶爾這麼問，賈迪爾在回答的同時點了點頭。

賈迪爾想起之前曾被艾倫告誡，王室祖先的行動是為了幫助人民，所以賈迪爾不能道歉。

她立足於被殘忍對待的過去，卻還是考慮到他們的立場，並給予幫助。賈迪爾實在無法不驚訝看待這對父女。

是因為羅威爾的兄弟在汀巴爾嗎？

還是為了凡克萊福特重視的人民呢？

（畢竟艾倫警告過我，不准對她的家人下手，所以原因想必是因為她的家人身在汀巴爾吧。）

以前，當賈迪爾把被艾倫警告的事告訴拉比西耶爾時，拉比西耶爾也顯得有些訝異。

『真像她的做法。』

見拉比西耶爾笑道，賈迪爾感到很驚訝。因為那和他對艾倫抱有的印象不同。

（我還以為艾倫……精靈們變得更討厭我們了……）

賈迪爾當時直率地這麼認為。

雖然王室和艾倫的藥結下緣分，這份關係之所以沒有斷絕，全多虧艾倫留下一絲溫情。

就像拉比西耶爾說的，光是艾倫和羅威爾留在凡克萊福特家，這樣的恩惠便已經無法衡量。

但賈迪爾就是覺得他們雙方有隔閡。

（艾倫不會單方面拜託別人做事。甚至只要有利用價值，就會進行交涉。她不會執著於精靈和王室之間的不和，能用的東西就會用。）

多麼果斷的一個人。

但比起利害關係，賈迪爾更想和精靈當朋友，這是他自幼的夢想。儘管連他自己也覺得到底要作美夢到何時，幼時懷抱的憧憬卻始終影響著他。

艾倫不會制裁王室，也不會拿過去當擋箭牌，要求他們做什麼。

賈迪爾知道，她這是直接否定根本沒有這麼做的價值，所以才覺得難受。

＊

賈迪爾在腦中描繪王室和凡克萊福特家的關係，同時調查著艾倫在領地實施的政策。

照理來說，這是拉比西耶爾應該做的事。但他說了一句「正好」，就推給賈迪爾做了。

當然了，再度審視賈迪爾認可的事，以及提案的對策，都是拉比西耶爾的工作。問題在於，雖說艾倫牽扯其中，賈迪爾就是不懂為什麼要他先調查治療院，而不是軍事相關的東西。

這感覺就像拉比西耶爾已經看透他對艾倫的心思，把他捧在掌心玩耍。賈迪爾壓抑著不斷湧現的不快感受，重新看向報告。

這份報告寫著艾倫提出的「識別急救」。這是一種根據患者的重症度，決定診療順序的方法。

過去並非沒有這種方法。然而一直是治療師自行判斷，沒有人想過由上級做出指示的必要性。

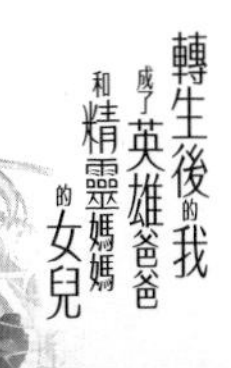

這種識別實在太過精確，甚至有人謠傳，可能有精靈牽涉其中。

這份報告就是為了確認是否真的與精靈有關的報告。

報告上寫著精靈確實存在。可是不知道為什麼，卻沒有一個患者見過精靈，只見過精靈治療師。

（是某個人的精靈嗎？）

既然提倡其必要性的人是艾倫，會不會是她特地從精靈界帶來的呢？

後來識別急救逐漸廣傳，寫著想引進此法的請願書就這麼送到賈迪爾面前，已經多到像山一樣高了。

既然是精靈負責識別，那應該無法效仿吧？想歸這麼想，但事實上，他們恐怕是訂立了一套更確實的辦法吧。如果可以直接詢問，那賈迪爾倒是很想知道箇中方法。

賈迪爾逐一看過像山一樣高的報告，隨著他越了解凡克萊福特領的治療方針，也就越深入了解艾倫在做些什麼，同時明白她為領地帶來什麼樣的事物，不禁覺得焦躁。因為改革治療院這件事，幾乎都與艾倫有關。

（陛下應該會想得到艾倫……）

還有其他如此有能力的人才嗎？

若問他能不能做到這些事，答案是否。艾倫以各種方法實踐了沒人想過的點子。她擁有智慧，以及執行力。

一個比自己幼小的人秀出如此手腕，賈迪爾只覺得胃痛。

拉比西耶爾總把「如果艾倫是我的女兒就好了」掛在嘴上，彷彿成了口頭禪。他大概只會在賈迪爾面前故意這麼說吧。

「我也行啊……」

賈迪爾不滿地發出嘟囔。

隨後他猛然回過神，環伺四周。他不小心把心中所想訴諸言語了。幸好勒貝還沒回來。要是被勒貝聽到他這種自言自語，一定會興致勃勃地打破沙鍋問到底。

幸好他人不在場，賈迪爾頂著些許紅潤的臉龐，鬆了一口氣。

憧憬、嫉妒、羨慕等各種感情，不斷動搖他的心。

（不行，注意力開始渙散了。）

賈迪爾甩甩頭，將雜念甩出腦袋。他再度看著手邊的文件，開始思考在王宮中的治療師們能不能做到這件事。

如果詢問那些和貴族來往的醫生和治療師對於治療順序的看法，他們會給出什麼回答呢？

是爵位的高低、金錢，抑或名聲……但凡克萊福特領的治療院的治療對象，並非貴族，而是平民。

治療順序肯定排除了一切慾望，這件事一目了然。醫生和治療師們聽說這件事後，會嗤之以鼻嗎？

據說想裝病獲取藥品的人會被精靈攆走，這樣的傳聞也不絕於耳。

根據重症程度，病患還能接受更高度的治療。在這樣的措施之下，結果就是死者減少。

送到賈迪爾這裡來的請願書中，最多的要求就是，希望也能在王都這裡新設置主要雇用產婆的「助產院」這種治療院。

懷孕的女性會集中利用以女性醫師、治療師和產婆為主的治療院。

若要談這個措施帶來了什麼結果，就是凡克萊福特領的出生率顯著上升。這一年的數據已經讓人嘆為觀止。

汀巴爾王國因為魔物風暴，失去了大量人民。雖說已經過了十五年，災難剛過時，新生兒自然不可能輕鬆降生。正因如此，拉比西耶爾對這個成果想必非常欣喜。

人民的數量也代表國勢。過多會招致問題，減少也不樂觀。

生產時出了事，如果有醫生或精靈治療師馬上進行處置，減少嬰兒的死亡率，那結果一定大大不同。

此外只要聽聞產後可以請產婆指導育兒知識，孕婦自然就會趨之若鶩。

儘管伴隨著人口增加，紛爭也會頻起。但正因凡克萊福特領是前軍事領地，馬上就會有騎士介入仲裁糾紛。

賈迪爾思索著這些事在王都是否也能實行，卻馬上否定了。

這是只有在凡克萊福特領才辦得到的事。正因為是艾倫，才有當機立斷，擬定策略並執行的能力。

最近有個名為休姆的治療師被派遣到凡克萊福特領。

賈迪爾知道，眾人看了他定期呈上的報告後，陸陸續續有人憧憬凡克萊福特領而志願被派遣前往。

他們大概是覺得，與其待在王宮這個有個頭腦頑固、不知變通的上司的地方，不如前往凡克萊福特領更有成就感吧。

其中也有人辭去王宮的職位，獨自前往凡克萊福特領。

艾倫一聽說這些人聚集而來，導致房屋不足，便準備了「公宅」。

（再這樣下去，人才會全被艾倫給挖走。）

隨著看完的報告越多，賈迪爾眉間的皺褶也就越多。

這次他倒是太過專注，連勒貝回來都沒發現。

*

賈迪爾好不容易在午餐前，設法統整好文件。他伸了伸懶腰，放鬆僵硬的手臂，結果聽到肩膀發出喀喀聲響。

「文書工作比平日念書更累人。勒貝，麻煩你把這個送去給陛下。」

「知道了。辛苦您了，殿下。」

「不知道是不是身體沒活動，總覺得肚子不太餓。在學院的時候，肚子明明動不動就餓。」

「應該是因為成長期吧。您現在或許要穩定下來了，畢竟您的身高在這一年長了不少。」

「是嗎？」

賈迪爾年滿十七歲了，前些日子已經從學院畢業，但身高在畢業後還是一直長，現在就快一百八十公分了。

身高長到能和勒貝這個護衛並排，賈迪爾非常開心。

「對我來說，您的身高要是能到此為止，那就好了。」

「原來如此。你的意思是叫我再長一點吧。」

「自從殿下從學院畢業，就越來越不可愛了～～」

「你真的很沒禮貌。要說我稍微成熟了一點。」

賈迪爾無奈地笑道。

賈迪爾的三名護衛，包括勒貝，都是如兄長般的存在。

對勒貝來說，這種感覺就像一路照顧過來的可愛弟弟已經長大，一下自豪，一下捨不得……

「殿下，關於下午您和陛下的會談……」

「嗯？怎麼了？」

「您之後騎馬的行程取消了。您和陛下的的會談，我們也會同席。」

「……知道了。」

賈迪爾的護衛是三人輪流，其中有一個人會隨侍在側。

為了吃飯休息，他們會在下午交接時齊聚，但上次在這種場合一起被叫過去，已經是吩咐他們去凡克萊福特領調查來路不明的藥品時了。

因此與其猜測會有什麼事，不如先做好確定會有事的心理準備過去吧。

「把文件整理完真是做對了。」

「哎呀，殿下可真行。」

勒貝開心地笑著。他看起來就像為了弟弟的成長而開心的哥哥，那讓賈迪爾覺得有些心癢難耐。

回過神來，他現在已經因為勒貝，不再緊張了。賈迪爾從椅子上站起來，決定先吃飯，養足幹勁。

＊

賈迪爾吃完飯後，跟勒貝、佛格，還有托魯克會合，前往拉比西耶爾的辦公室。

站在門兩邊戒備的近衛看到他們，便行了個禮。賈迪爾側眼看著勒貝他們向近衛回了個簡單的禮數，等待近衛將門打開。

「陛下，賈迪爾殿下到了。」

「好，進來吧。」

「打擾了。」

賈迪爾行禮後，進入室內，拉比西耶爾也從椅子上站起，招呼他們坐沙發。四人之中，只有賈迪爾坐下，勒貝等人站在沙發後待機。

「我看過你的報告了。看來你很努力。」

「謝陛下誇獎。」

拉比西耶爾坐在賈迪爾對面，靠著椅背。他對貼身的近衛說了句「上茶」，近衛就低頭致意，離開室內。

「賈迪爾，你知道菲爾費德領嗎？」

「菲爾費德……我聽說那裡主產許多柳橙和蘋果等果樹作物，今年的果實品質很好。傑佛瑞閣下在上次的宴會上，說過要擴大養蜂事業。」

「哦？他直接跟你說啦？那麼你對這個養蜂有什麼想法？」

「甜點有市場。我想他之所以迂迴地告訴我，是想要我出資贊助，但我覺得需要觀望一陣子，因為那不敵凡克萊福特的甜菜。聽說他們還會把甜菜渣拿來當家畜的飼料，沒有一絲浪費。但養蜂的蜜蜂冬天不能動，兩者獲利有差。蜂蠟雖可用，卻也能從樹木、魚、蟲身上取得，我認為競爭力太弱了。」

「所以他才想擴大規模是嗎？唉，我也懂他的心情啦。」

「是啊。」

拉比西耶爾說完，回到辦公桌，拿了一張文件，回頭交給賈迪爾。

仔細一看，那份文件是援助菲爾費德養蜂場的請願書。他之所以在宴會上迂迴地告訴賈迪爾，就是為現在做準備吧。

事先告訴賈迪爾，現在卻又直接請願陛下，這是在搞什麼鬼？拉比西耶爾興致勃勃地端詳賈迪爾傻眼地看著文件的模樣，笑著問道：

「艾倫沒有請求王室贊助甜菜嗎？」

「沒有申請書……應該說，沒有任何凡克萊福特的……」

「嗯，我想也是。艾倫不喜歡欠人人情。」

「是的。」

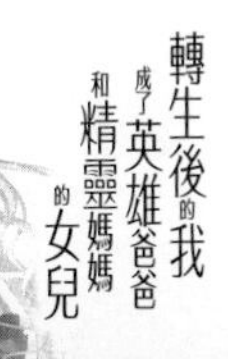

「她有求於人的時候，會趁你來不及反應的時候，跟你談條件。說是這麼說，就算她提出交換條件，也早已看穿一切，不好對付。」

「……」

「呵……」

見賈迪爾表情玄妙，拉比西耶爾忍不住笑了出來。

「不能跟艾倫並駕齊驅，讓你很不滿吧。」

「沒有這回事……」

「算了，來說正事吧。菲爾費德透過騎士團，委託我調查一件事。」

「發生什麼事了嗎？」

賈迪爾姑且看過各領地的問題點，因此他很訝異菲爾費德竟然有直接委託拉比西耶爾的重大問題。

「你有聽說關於黑女人的傳言嗎？」

「黑女人……不，沒聽說。」

見賈迪爾搖搖頭，拉比西耶爾笑道：

「雖說是傳言，不過那個黑女人有身患傳染病、散播病原的疑慮，所以我一直祕密調查。」

「傳染病……！」

賈迪爾不禁站起身。拉比西耶爾見狀，以眼神發出責備，賈迪爾這才回過神，道了聲歉後，重新坐上沙發。

「剛開始只是普通的目擊情報。這件事在菲爾費德郊外的森林傳開，駐紮在當地的士兵便開始調查，卻沒找到這樣的女人。」

「沒有其他發病的人嗎？」

「或許是有人怕惹上醜聞，所以把女人藏起來了。不過到目前為止，沒有那女人以外的目擊情報。另外也沒發現皮膚會變黑的怪病。」

賈迪爾聽完，緊張的肩頭才稍微放鬆。

這種感覺很像幾年前，前往凡克萊福特調查藥品的事時。當時他也像現在這樣緊張。照理來說，賈迪爾身為王太子，為了以防萬一，不能親臨那樣的場所，拉比西耶爾卻毫不留情地命令賈迪爾前往。

或許是因為拉比西耶爾得知有些病有染病後，就不易再染上的前例，所以甚至要賈迪爾趁年輕時多生點病。據艾倫所說，這就叫抗體。

然而此舉還是有因病喪失子嗣的可能性，因此王宮治療師們都急忙反駁拉比西耶爾的這番言論。

正因為他們無法依賴精靈魔法，只能用這種方式自保。到了現在，賈迪爾才能理解拉比西耶爾的思維。

他最近甚至不得不懷疑拉比西耶爾是不是看準了這件事，故意要他前往疫區。

「既然是透過騎士團委託，代表索沃爾閣下也知道這件事嗎？」

「聽說他已經事先問過艾倫了。結果得知皮膚變得全黑的病幾乎都是先天性疾病，沒有傳染疑慮。否則就是後天生病或受傷後，形成的黑斑。不過索沃爾說，他心裡另外有底。」

「呃……他有底嗎？」

「你還有印象吧？就是索沃爾的繼室。不對，他們已經離婚了。」

「我知道他們離婚了……不過我曾在典禮上看過一次……嗯，我記得頭髮是黑色的。」

「你有聽說那女人不貞吧？甚至蠢到害怕女神定罪，企圖殺害索沃爾。艾倫知道這件事後，進行女神的定罪，讓那女人的脖子以下布滿全黑的荊棘。」

相對於笑著提起這件事的拉比西耶爾，賈迪爾卻是一下子接收太多情報，腦子開始混亂。

「居然想殺害索沃爾閣下這位有名的『寂靜惡魔』……她的膽子真大。」

面對賈迪爾這意料之外的反應，拉比西耶爾抖動雙肩笑道：

「呵呵呵，你在意的是這點啊！」

羅威爾擁有「寒冰貴公子」和「精靈劍神」等好幾個別名，但有別名的人可不只他一個。

隸屬騎士的凡克萊福特家之人，按照慣例都有別名。索沃爾也不例外，人家私底下都叫他「寂靜惡魔」。

索沃爾除了戰鬥以外，都給人怯懦的印象，然而要是太小看他，就會在不知不覺間被殺。他會靜靜地，而且笑著確實收拾掉人。

因為他總是帶著笑，寂靜又迅速地靠近人，人家才會叫他「寂靜惡魔」。

這時候近衛拿著茶回來了。他在眾人面前沏茶，然後率先喝了一口試毒。試毒結束後，他將稍微冷卻的茶擺到茶几上。

拉比西耶爾首先喝了一口確認，接著賈迪爾也飲用。

拉比西耶爾熟練地將茶杯無聲放回桌上。

「居然想殺害我們的騎士團長，實在很有意思，不過那不是傳染病。艾倫和羅威爾還派精靈去確認過，絕對沒錯。」

完全不會搬出過去的執拗，只要是為了人民，就會馬上調查。艾倫他們高潔的情操，在這種時候真是幫了大忙。

「那真是……太好了。」

「怎麼？你果然想直接跟艾倫確認嗎？」

「陛、陛下！」

拉比西耶爾看賈迪爾慌亂的模樣，不禁捉弄他，弄得賈迪爾尷尬不已。

能不能快點把事情交代完啊……當賈迪爾這麼想，似乎也老實地將這個想法寫在臉上，因而被拉比西耶爾察覺。

「你臉上寫著『快說重點』。」

「嗚……非常抱歉。」

賈迪爾一老實道歉，結果又被笑了。

「你也好，索沃爾也好，你們都太會把心事表現出來了。」

拉比西耶爾嘆了一口氣後，繼續說：

「聽過黑女人傳聞的士兵搜尋了周邊，結果查出菲爾費德周邊似乎有奇妙的盜賊出沒。」

「奇妙的盜賊……嗎？」

「他們原本認為黑女人根本是盜賊搞的鬼，但那群人行事卻莫名地有條理。所以了，賈迪爾，你去一趟吧。」

「陛下您總是這麼突然。」

那個地方不是應該交給索沃爾閣下嗎——當賈迪爾這麼問，拉比西耶爾卻說：「如果黑女人的真面目是他前妻，那女人一定會逃跑。」

拉比西耶爾接著表示，反正菲爾費德正好請求他們援助養蜂業，要賈迪爾直接去看看。人家都這麼說了，賈迪爾也無法回嘴。

「我本來就打算差不多該把視察領地放進你的行程了。這個機會正好。」

「……我明白了。」

「賈迪爾，你知道我為什麼先讓你接觸治療院相關的工作，而不是軍事方面的工作嗎？」

賈迪爾稍微思考了一下，最後坦白說出他的想法：

「……我想是為了讓我見識艾倫的手腕。她的做法確實值得學習。」

「有一部分是這樣。但主要原因是，對無法和精靈締結契約的我們來說，凡克萊福特家是這個國家的棟梁。」

「是的。」

「然而同時也是弱點。」

「是……」

賈迪爾本想點頭，拉比西耶爾所說的話卻讓他難以認同。

「你也記憶猶新吧？第一個視察地點就去凡克萊福特吧。我說完了。」

拉比西耶爾站起，表示他已經交代完。賈迪爾也起身，行個禮致意後，離開了辦公室。

賈迪爾回到他的辦公室後，馬上對三名護衛下達指示。

「佛格，你去調查索沃爾的前妻……也就是拉菲莉亞的母親的親人。包括現在的所在地。」

「是。」

「勒貝，去知會索沃爾閣下關於視察的事。然後幫我調查事情。」

「知道了。」

「托魯克，你能馬上去一趟菲爾費德嗎？」

「遵命。小的會去收集盜賊的情報。」

「希望我視察完凡克萊福特時，就能馬上行動。好了，開始做各自的事吧。」

三人回答後，賈迪爾和勒貝一同前往書庫。

「您想調查什麼呢？」

「把記錄菲爾費德地形的東西都拿來。還有，我想看目擊情報。」

「好的。還有其他吩咐嗎？」

「還要……菲爾費德納稅人民的清冊，跟移居者的紀錄。」

「好的。」

賈迪爾則是開始整理凡克萊福特的家譜和索沃爾的離婚書。同時也不能忘記——鄰國。

「必須在艾倫知道前行動……」

賈迪爾就像被某種東西附身一樣，慢慢在書庫的書桌上堆了像山一樣高的文書。勒貝從旁見狀，儘管有些訝異，依舊一臉苦笑。

第三十一話　商量

索沃爾過著忙碌的生活。這天他看著從羅倫手上接過的信，不禁瞇起眼睛。

寄件人是賈迪爾的其中一名親信。索沃爾在王城中看過這個人好幾次，但索沃爾直屬國王，所以只會插手拉比西耶爾命令的事。

說到原因，是因為國王尚未安排王太子學習軍事相關的工作。因此他們對雙方的認知都只有長相和姓名。

不對，若說他們是否正式見過面，或許真的有。上次應該是拉菲莉亞被綁架的時候吧。

索沃爾搜尋模糊的記憶，想知道以前是否有接過這個人私下捎來的聯絡，卻只能困惑地歪著頭，什麼都想不出來。所以索沃爾首先撕開封蠟，從中抽出信紙。

隨著他的視線掃過信紙上的文字，他眉間的皺褶也為之增加。

內容如下：

『已經決定由王太子殿下擔任視察凡克萊福特領的指揮者。敝人希望與閣下討論日期以及警備配置，因此唐突致信。』

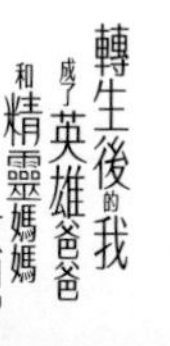

「……不是陛下？」

索沃爾還以為賈迪爾會隨著拉比西耶爾來，因此非常困惑。

賈迪爾從學院畢業之後，開始王太子教育已快經過兩個月。他本就覺得差不多該來視察了，卻沒人想到居然只有賈迪爾一個人要來。而且拉比西耶爾完全沒提過此事。

凡克萊福特領就在王都旁邊，也是汀巴爾國的軍事設施。

領內最近設立了治療院，發展顯著。而賈迪爾也因為王太子教育的一環，肩負部分在精靈魔法師當中，和治療師、治療院相關的工作。

這麼想的話，確實沒有任何不自然，可是拉比西耶爾不來，總覺得事有蹊蹺。而且如果只有賈迪爾一個人前來視察，就有一個問題會產生。

「這樣大哥不會幫我的！」

索沃爾捏緊那封信，抱頭大吼。在一旁的羅倫則是稍微動了動眉毛，發出一聲「哎呀」。

不過當索沃爾吼叫的內容多了「羅威爾」這個人，羅倫也就察覺此事和王室有關了。

羅倫知道讓索沃爾胃痛的原因增加，迅速替他泡了一杯偏甜的奶茶。

但索沃爾壓根沒發現一旁羅倫的體貼，只顧著不斷吐出沉重的氣息。

索沃爾在王宮統帥騎士團，是個屹立不搖的騎士團長，然而一旦牽扯到家庭，就會變得很怯弱。

這也是因為有被艾齊兒害過的心理陰影，進而衍生出不擅於經營領地的想法。

如果是拉比西耶爾要來視察，羅威爾即使心不甘情不願也會陪同。

當索沃爾忙於騎士團長的要務時，羅威爾、艾倫、羅倫、伊莎貝拉會幫他管理領地的事務。

其中，由於與治療院相關的事情皆以艾倫為中心，身為領主的索沃爾也沒能掌握全貌。

艾倫常會提議「這麼做如何」。面對接二連三湧出的問題，她都會拿出智慧解決，但她的智商規模實在太詭異了。

治療院的經營在艾倫的建議之下，一口氣有了飛躍性的成長。但索沃爾不認為憑自己的解說，能讓人滿意。

如果羅威爾不願在場，艾倫自然也無法陪同。不對，畢竟是王室之人會過來，羅威爾一定會把艾倫排除在外。這麼一來，能依靠的人就只剩羅威爾了。

索沃爾能料想到羅威爾不會答應，那就只能請治療師們陪同了。但他們一直處在人手不足，非常忙碌的狀態。在這種情況下，索沃爾也不好意思請他們陪同視察。

但他告訴自己手心手背都是肉，硬著頭皮去拜託休姆陪同了。

「咦？那傢伙要在這麼忙的時候過來嗎？真是麻煩到極點了。」

果不其然，他吐出了極為辛辣的言詞。索沃爾雖然知道他會這麼說，還是對他的態度感到驚訝。

「你以前不是跟殿下一起行動過嗎？你們同年，我還以為你們感情很好，我想錯了嗎？」

索沃爾忍不住這麼一問，休姆便一臉意外地回答：

「我只是因為國王的命令，無可奈何才會陪著他。殿下他被詛咒，我才不想讓我的艾許特靠近他。」

「噢，我都忘了。你也是個精靈魔法師嘛。」

治療院有許多現役精靈魔法師。賈迪爾被詛咒，所以精靈不能靠近他。如此一來，大多數治療師都不能陪同視察了。索沃爾仰天哀號，嘴裡直唸著：「怎麼會這樣！」

「精靈們會怕，所以我倒是希望那傢伙別來治療院。」

這麼一來，根本顧不得視察了嘛──索沃爾呆滯地遙望遠方。

＊

由於索沃爾說有事想商量，艾倫和羅威爾於是前往凡克萊福特的宅邸。

但當他們見到索沃爾的瞬間，明明什麼都還沒問，就已經有股不祥的預感了。

同席的凡和凱也察覺索沃爾的神情不對勁。

因為索沃爾一臉尷尬愧疚。當他們以懷疑他是否隱瞞什麼壞事的眼神看著他，不出所料，他說出了王室要來視察的事。

索沃爾尷尬地解釋完狀況，羅威爾馬上否決。

「啊啊——大哥啊啊！」

索沃爾大叫快救救他，和羅威爾展開了一場攻防戰。羅威爾情急之下，轉移去見拉比西耶爾，想直接叫他們別來，卻遭到反擊，一下子就被打了回來。

羅威爾一回來就被艾倫戳到痛處，整個人被吃得死死的。索沃爾見狀，直呼：「艾倫，妳再幫叔叔多說一點！」

羅倫、凱、凡欣慰地看著他們一如往常的互動，卻因為艾倫接著說出的一句話，所有人都目瞪口呆。

「我也要在場，爸爸。」

「當然不行啊！」

見羅威爾一陣慌亂，艾倫恢復了冷靜。

「我會和殿下保持距離。先別說要替他的視察做解說，我也有點事情想問他。」

「想問的事？向殿下嗎？」

索沃爾擔心地問著艾倫。

「是的。我聽說王都的治療院是殿下負責的。」

「是沒錯。但妳到底要問什麼？」

「…………」

艾倫突然沉默不語，因為她正在思考說出來好不好。

「艾倫，妳跟爸爸說說看。我會聽妳說的。」

「……我倒覺得要是跟爸爸說了，我就不能在場了。」

「那當然，因為我不想讓妳在場啊。應該說，我根本不想讓殿下的眼睛看到妳。」

「小的完全同意。」

連凱都突然說出這種話。而凡雖然面無表情，卻偷瞄著艾倫，以念話關心她：「您還好嗎？」

面對旁人如此反對，艾倫升起了一絲反抗心。

艾倫並不是不了解旁人反對的意義。她反而非常清楚大家都很擔心她。所以她的反抗心只出現了一瞬間，隨後便馬上一臉哀傷。

羅威爾等人見艾倫低頭失落的模樣，不禁發出「嗚……」的一聲。

「啊——艾倫，妳想問殿下的事情，跟治療院有關嗎？」

索沃爾試著問出答案。而艾倫也回答「是」。

「大哥，既然是治療院的事，讓艾倫直接去問比較好吧？」

「喂，索沃爾，你該不會是想讓艾倫在場吧？」

羅威爾發出漆黑的怒氣，威嚇索沃爾。

見兄長對親弟弟釋出殺氣，索沃爾一邊感覺著胃的刺痛，一邊反駁。

他們不能因為突發奇想或任性妄為這種理由，就屏除艾倫的意見。艾倫這一路幫領地提出了許多智慧和策略。

「就算大哥你這麼說，艾倫的提案都遠遠超乎我們的想像。既然她有事想詢問殿下，那就是和王室有關的問題吧？」

索沃爾的掩護，讓艾倫的表情為之一亮。羅威爾和凱一看到那副模樣，一臉不甘願。

「所以別說在場了，我覺得應該由艾倫問清楚比較好。」

「叔叔！」

聽見艾倫開心的聲音，羅威爾發出呻吟。

「艾倫小姐，這件和王室有關的事，大概有關到什麼程度？」

羅倫似乎也很擔心，想若無其事地從艾倫嘴裡問出答案。

「如果達到相乘效果，大概會有三份事業受益……？」

艾倫歪著頭，輕描淡寫回答，卻令索沃爾等人瞠目結舌。

「三份！」

光是艾倫製作的藥品，就有非常驚人的經濟效益。然後他們順著「要不要種植甜菜？」這個提案試著栽種的砂糖原料，現在甚至成了凡克萊福特領不可或缺的作物。

榨甜菜所得的菜渣變成壓迫財政的馬的飼料，艾倫大概不知道，光是這樣就省下了多少錢。

「其實我在想，能不能請王室當緩衝。」

「緩衝？」

羅威爾和索沃爾抱著頭，已經聽不懂艾倫在說什麼了。至於羅倫見艾倫如此大膽，則是呵呵笑道。

羅威爾想起拉比西耶爾從前笑著說過，艾倫一動，國家就會動。那不是比喻，艾倫的所做所為就是會造成這麼大的影響。

因此沒有人能料想到，三份事業最後到底會變成多大規模的東西。

「治療院用的藥的材料中，有個東西我想大量擁有。所以想請王室居中協調。」

「為什麼要找王室？」

面對索沃爾的疑問，艾倫說出理由：

「因為陛下想參與凡克萊福特的一樣事業，要是我們跟其他人做交易，我想他不會默不吭聲。我覺得這麼做比事後被他糾纏還好。而且也能防止其他貴族和商人們過分干涉。」

羅威爾大概是想像了拉比西耶爾聽聞艾倫將會進行新事業後，那副興致勃勃的模樣了，他雙眼發直地遠望，並說：「妳害我想了一下……」

「如果我們直接跟貴族或商人談生意，難保不會出現像之前貝倫杜爾那樣的人。而且我

要的東西是製作藥品的材料，有被人看破手腳的疑慮。因此和治療院有關的東西，拜託王室居中勉強還能信賴。」

連王室都被艾倫評為「勉強」，索沃爾不禁苦笑。他知道上次在學院接觸後，王室多少獲取艾倫的信任了。

從羅威爾雖一臉不情願，卻沒有反駁來看，應該跟艾倫的想法相同。

「像貝倫杜爾那樣的傢伙，的確已經摩拳擦掌，嚴正以待了。」

不斷受到周邊貴族邀請共事的人，正是索沃爾本人。他大概是想起那堆像山一樣的書信了，在嘆息中苦澀地說著。

在索沃爾身旁的羅倫也點頭如搗蒜。

「那是要用在治療上的材料，如果有人看準利益，炒作價格，那就傷腦筋了。所以只要事先請王室來個下馬威，除非發生災害之類的特殊場合，價格應該不會有太大的起伏。」

「這就是妳說的緩衝啊。」

「其實我也不知道事情會不會順利進行，不過只要能拿到材料，就能做出很多東西了。在這個過程中，可以促進患者自立，也能替治療院確保一個新的收入來源。既然王室介入，這個藥品的銷售額可能不會太高，不過我覺得有讓王室介入的價值。」

「藥品的材料會讓患者自立？艾倫，妳到底想做什麼啊？」

艾倫的說明突然大幅飛越，羅威爾等人的思緒根本追不上。不過在艾倫的腦中，這個計畫已經成形了吧。

「大哥，我認為應該讓艾倫在場。既然殿下要來，本來就必須讓精靈治療師們迴避。所以艾倫只要跟他們一樣，保持一定的距離，不要讓殿下靠近她就好了，如何？」

「爸爸會用結界，所以只要對精靈魔法師他們施展結界術就沒問題了。」

「噢，那也對妳這麼做的話，是不是就能在場了？」

「是啊，叔叔！」

艾倫睜著閃亮的大眼看著索沃爾，接著望向羅威爾。羅威爾一見艾倫那張充滿期待的臉龐，似乎再也無法否決，發出呻吟聲。

「唔嗚嗚嗚……」

見羅威爾一臉不情願，艾倫再度消沉，以為羅威爾還是不同意。所以她改以央求的眼神看著羅威爾。

濕潤的眼眶和艾倫宛如寶石般的眼眸相輔相成，讓人有種連眼周都發出閃亮光輝的錯覺。

世上有人能抵抗艾倫央求仰望的眼神嗎？現在就連索沃爾和羅倫都被那刺眼的光輝逼退，瞇起了眼睛。看來這個舉動的威力比預料得還可怕。

正對著那道視線的羅威爾被一箭穿心，他單手抓著胸口，整個身體往後仰。

「我的公主是從哪裡學會這種舉動的啊！」

羅威爾發動傻父親模式，嘴裡直喊著「可愛」，同時磨蹭艾倫，艾倫卻伸出雙手壓著羅威爾的臉抵擋。

那幅光景簡直就像硬要寵愛貓，貓卻用盡全力抗拒一樣。

對旁人來說，或許是一幅令人欣慰的光景，但羅威爾一變成這樣，疼愛方式就會變得很纏人，艾倫總是一臉厭惡。

「媽媽之前有這麼對你做過！」

艾倫挺起胸膛，得意地說道。很明顯的，她是經過計算，知道羅威爾拿這個舉動沒轍，才會這麼做。索沃爾等人不禁噴笑。

「怎麼會這樣？教妳這麼可愛的動作的人，居然是奧莉。再這樣下去，艾倫會變成一個小惡魔！」

「我才不會對爸爸以外的人做這種事，放心吧。」

「意思是妳只會在我面前扮成小惡魔嗎？爸爸是很高興，可是為什麼心情卻這麼複雜呢？」

「應該是因為只要艾倫這麼做，大哥你就會被吃死吧……」

索沃爾傻眼地回答。羅威爾聽完，叫了一聲「原來如此！」表示贊同，接著繼續寵愛艾倫。

「唔咕嗚嗚嗚～～」

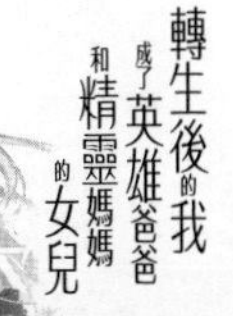

艾倫雖然愁眉苦臉，卻又覺得要是現在抗拒，到時候就無法在場，也就忍下來了。

羅倫見狀，似乎覺得甚是可愛，有些嬌羞地說：「要是艾倫小姐也對爺爺那麼做，爺爺也抵擋不了啊。」

「妳不能對羅倫那麼做喔。小惡魔艾倫只屬於我。艾倫好可愛喔～～！」

「唔嗚嗚，怎麼連我也覺得心情好複雜。」

艾倫臉上清楚寫著「不應該是這樣」。這招對羅威爾確實效果卓越，但她也發現這純粹只是讓他開心罷了。

「那結論就是讓艾倫在場了？」

面對索沃爾這句話，羅威爾死心地說：「也只能這樣吧。」

「都要幫治療師設結界了，不幫艾倫設就不公平啊。不過艾倫，妳絕對不能太靠近殿下喔。」

沒有人想要讓受詛咒的存在靠近艾倫。這點艾倫也心知肚明。

「好。對不起，我這麼任性。」

決定能在場後，艾倫鬆了一口氣。艾倫鄭重低頭致歉，索沃爾則是搖了搖頭說：「沒關係。」

「對我來說，妳的請求都不算任性。妳幫了領地是事實。就算由我們去跟王室周旋，感覺也會被摸清底細，然後吃虧。」

我反而想求妳在場——聽索沃爾這麼說，艾倫很感激。知道這些人都理解她行動的意義，還會好好分析她的用意，感激的心情便不斷湧出。

「謝謝大家！」

這樣的心情似乎全表現出來了，艾倫露出滿面的耀眼笑容和喜悅，羅威爾看了只能苦笑。

「跟休姆那時候一樣，只要說這是妳的請求，陛下他們就會馬上行動，不過他們一定會要求給他們好處……唉……」

羅威爾想起從前雙方的爾虞我詐，嘆了口氣。過去都是艾倫提前叮嚀，他才有辦法應付，但事已至此，倘若撇除艾倫談事情，拉比西耶爾肯定會跑出來，自作主張決定所有事。

羅威爾緊緊抱著艾倫不放。很明顯是替艾倫著想，內心滿是糾葛。

他使力用自己的頭磨蹭艾倫的頭，旁人見羅威爾如此消沉，決定讓他自己靜一靜。

至於艾倫，她一開始也不認為大家會同意她的任性。但就是因為身邊有個讓她放心的存在，她才會試著請求。

「……說到底，如果爸爸不在，我才不會要求在場。」

「嗯？」

艾倫這句話的意思令人難以解讀，羅威爾不禁歪頭，上半身稍微離開艾倫，目不轉睛地盯著她看。

「因為有爸爸在身邊，我才覺得不會有事。」

艾倫看著羅威爾，嫣然一笑。

她的笑容顯示出她能放心依靠、並信賴羅威爾。

「～～唔！」

羅威爾的臉頰微微泛紅，按捺不住澎湃的情緒，直接抱緊艾倫。

「唔咕～～！」

「唔啊啊啊啊啊啊！可愛可愛我的女兒有夠可愛～～！」

「爸爸，我好難受！」

「啊啊～對不起喔～～」

見艾倫推著自己要求放手，羅威爾化為軟爛的表情。

旁人見事態似乎完美收場，都鬆了一口氣。當索沃爾苦笑著說：「艾倫實在很會對付大哥。」卻遭到艾倫否定。

「媽媽比我還行喔！」

「噢……嗯。剛才有說小惡魔嘛……？我想沒有人可以贏過大嫂。」

當索沃爾笑說，世上應該沒有人會拒絕世界女王的請求，羅威爾卻一臉認真地開口：

「才沒有這回事。奧莉的小惡魔模式就對艾倫沒用。」

奧莉珍會對艾倫使用小惡魔模式，主要都是當艾倫手裡拿著從凡克萊福特家帶回去的點心時居多。

奧莉珍總會睜著水汪汪的大眼央求艾倫，艾倫卻常告誡她：「媽媽，應該要先歡迎我回來！」

眾人聊著聊著，才剛覺得好像聽到精靈女王奧莉珍的那聲「討厭～啦」，書房上空便突然發出光芒。

「討厭～啦！太過分了～～！」

「媽媽！」

「奧莉，妳這是怎麼啦？」

才剛覺得在跟想像中一樣的時間點聽見這聲「討厭～啦」，沒想到竟然就是本人。見奧莉珍不顧眾人訝異的心情，就這麼飄在半空中，艾倫和羅威爾都是一陣慌張。沒有人呼喚奧莉珍，她卻出現的時候，通常都是有急事或心懷不滿的時候。

「討厭，太過分了！人家才不是小惡魔啦！」

看來這次是心懷不滿。因為被人當成小惡魔大肆討論，讓她忍無可忍了。她鼓著腮幫子道出抗議。

「妳錯囉，奧莉。所謂的小惡魔啊……」

羅威爾說著，以熟練的手法摟著奧莉珍的腰際，另一隻手撫摸她的臉頰，同時說道：

「是可愛的意思。」

「……你確定？」

奧莉珍垂著失落的眉尾，視線由下往上，以歪著頭、巴著羅威爾形式看著他。雙親的四周瞬間染成一片桃紅色。

雖說艾倫早已對室內充滿甜滋滋的空氣習以為常，卻還是不禁想乾嘔。

「討厭～～媽媽，妳就為了這點小事跑出來嗎？」

「艾倫，妳好過分。我才沒教妳這種動作喔。」

「小孩子都是看著父母，邊學邊長大的！……像……像這樣！」

艾倫說著，刻意模仿奧莉珍剛才歪著頭的模樣。

她不斷微調脖子，發出喀喀聲響。

「噗嗤！」

索沃爾和羅倫見狀，抖動著雙肩噴笑。仔細一看，連凱也別過頭，肩膀默默抖動。

還以為奧莉珍會因為艾倫模仿她而生氣，沒想到反應竟然異常脫線。

「不對喔，艾倫！要做就要這樣！這樣喔！」

奧莉珍居然點出艾倫的缺失。據女神所說，似乎有個看起來更自然的角度。

「什麼？媽媽妳這個動作有經過計算嗎？這也太讓人傻眼了。」

「天哪～～穿幫了！不過我只會在羅威爾面前這樣喔！」

「妳承認了！爸爸，媽媽根本是戲精！」

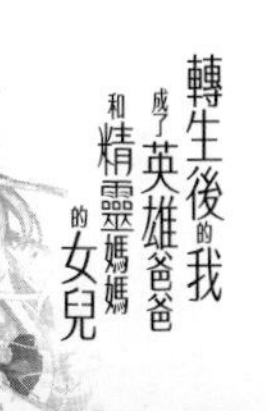

「妳要這麼說的話，妳自己也是戲精啊。」

「慘了！」

自掘墳墓的艾倫不由得驚慌失措。這時背後又傳出「噗嗤」的噴笑聲。

「這、這個不重要！媽媽，妳來只是想抗議小惡魔嗎？」

被戳破的艾倫牽強地轉移話題。

「對呀。」

見奧莉珍不解的模樣，艾倫反倒有些不安。

「不是來阻止我跟王室接觸……？」

「哎呀，妳不用想太多喲～妳想怎麼做就怎麼做吧。這是社會歷練！」

艾倫大概是被笑容滿面的奧莉珍弄得不知如何是好，整個人愣在原地。

（好隨便……）

艾倫這才想起來，過去她們已經有過好幾次這樣的互動。

她還擔心原本已經快有結論的視察同行，會因為奧莉珍突然出現而遭到反對。現在知道自己是杞人憂天，她鬆了一口氣。

看來奧莉珍還是非常了解艾倫。

「不過艾倫總會勉強自己，讓大家擔心。妳也有自覺吧。」

「……是，我會注意的。」

「艾倫一旦注意到有困難的人，往往就顧不上其他事了。所以親愛的，你要跟在她身邊幫忙注意喲。只要羅威爾會陪著艾倫，我就不會有意見。」

「好，我知道。」

羅威爾表示同意奧莉珍的話。

艾倫過去之所以會勉強自己直到倒下，是因為眼前有困難的人在。

羅威爾和艾倫原本就是為了在人界習慣運用力量，才會在人界和精靈界之間往來。後來在途中經過的城鎮巧遇艾伯特，才會知曉羅威爾老家的情況。這麼一想，他們才發現習慣力量的旅程就這麼遭到棄置了。

他們趕走艾齊兒，阻止拉菲莉亞被人綁架，又在學院幫了休姆和亞克。

艾倫覺得這些事都恍如昨日，令人懷念。

但她發現或許就是因為這樣，她才會無法控制力量，進而昏倒。

（我在學會運用力量之前，就先亂來了……）

羅威爾和艾倫在精靈之中，也處於極為特殊的位置。以前奧莉珍曾表明，她把人的靈魂放入精靈的素體中，造就羅威爾。

而艾倫的靈魂是奧莉珍親自挑選的人類靈魂。由於身體和靈魂的本質不同，必須在精靈界和人界習慣自己的力量。如今她總算想通了。

就是因為如此，奧莉珍才會把羅威爾和艾倫一起送來人界。

所以每當艾倫與人界扯上關係，奧莉珍才會別說反對，甚至推了她一把。

奧莉珍過去只反對過一次。

（媽媽曾叫我不要幫助王室，所以我還以為她這次會反對……）

艾倫和賈迪爾約好了要聊聊，卻未曾遵守過。艾倫覺得不能再這樣下去，決定向前看並做出改變。同時，奧莉珍本身恐怕也稍微對王室改觀了。

索沃爾等人看著兄嫂相親相愛的樣子，只是苦笑。室內飄蕩的平穩氣氛，讓人覺得是無異於平常的日常光景，但每個人確實都在往前，而且持續改變。

第三十二話　視察

賈迪爾來到凡克萊福特領視察當天，周遭都籠罩在一片緊張之中。

人民看著人來人往的街道、行人交通管制，以及神情和平常不同的騎士，大家面面相覷，不知道發生了什麼事。

雖說主要只有軍用道路受到管制，飄散在空氣中的緊張感卻迅速傳開。

「街上有好多騎士，怎麼了嗎？」

「聽說有大人物要來啦。治療院的醫生們都手忙腳亂的。」

攤販老闆和客人如此聊著。

前往菲爾費德收集情報的托魯克向賈迪爾報告後，便馬上進入凡克萊福特領。

雖說領地就在汀巴爾隔壁，距離非常近，托魯克一路上還是親自檢查有無對賈迪爾構成威脅的事物。

雖說他們不會利用正規道路，卻因此容易被人盯上。他仔細調查會成為死角的場所，然後看著鋪設整齊的道路，心中悄悄讚嘆。

（從羅威爾大人和艾倫小姐開始幫忙整頓領地，也才過一段時間。）

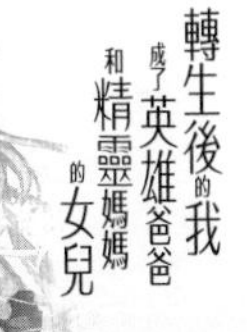

能顯著了解領地經濟狀況的事物，就是道路的鋪設狀況。菲爾賚德有部分原因是面山，絕大部分都沒有鋪設道路，移動非常辛苦。

「老闆，不好意思，我也要一個夾著雞肉的麵包。」

「哦，謝謝了！要什麼醬汁？」

當托魯克還不懂老闆在問什麼時，一旁的客人告訴他：「有肉汁醬、鹽味醬和甜味醬可以選喔。」

「肉汁醬和鹽味醬偏辣，我推薦甜味醬。而且這玩意兒的做法還是艾倫小姐傳授的呢！」

「艾倫小姐？」

「她是英雄羅威爾大人的千金。是個非常可愛的小姐，常常光顧我這個攤位。這一帶都流行這種甜味醬汁，你也可以點別的，怎麼樣？」

「那麻煩老闆給我那個。」

「謝謝啦！小哥你吃了，包準會嚇一跳。」

大叔笑著遞給托魯克的東西，是將一塊又薄又圓的麵包切成兩半，在裡面挖空的地方放入沙拉和沾了醬的肉。托魯克從未見過這種食物。

「這個醬汁也是艾倫小姐教我做的。很厲害吧！」

托魯克付錢後，接過麵包便大口咬下。甜味醬汁和肉汁交錯，非常好入口，而且重點是，好吃得讓人瞠目結舌。

攤販老闆和一旁的客人看著托魯克不發一語地享用，雙雙露出笑容。

「真好吃。」

「對吧！那個醬汁是用領主大人新栽種的甜菜製作的。大家都很著迷呢！」

在薄麵包裡放入食材這樣的想法，讓托魯克很是欽佩。

說到在麵包中夾食材的料理，托魯克只知道三明治，因此他不得不驚訝還有這種做法。

而且傳授這道料理的人是艾倫，更讓人驚訝。她毫無保留地將自己的智慧用在領民身上。

（那位小姐真的是一塊瑰寶。）

托魯克一邊如此想著，一邊吃著麵包，結果才一會兒功夫就吃完了。

他看著馬上空空如也的自己的手，然後和大叔四目相對。

「……再給我一個。」

「謝謝啦！」

在大叔和客人的笑容中，托魯克點了第二份。

「對了，我沒見過小哥你耶。是新分發過來的騎士嗎？」

「……不是。但你為什麼這麼問？」

「噢，不好意思了。你的吃相很豪邁，然而動作很優雅，我還以為你一定是哪裡來的小少爺。」

「不可能啦！小少爺才不會吃攤販的麵包。我是來這裡進貨的行腳商人的隨從。現在剛好在休息。」

一旁的客人笑說托魯克要是騎士，現在一定忙得不可開交，不會來這裡。老闆也察覺這點，笑著回了一句：「你說得對！」

托魯克倒是內心捏了一把冷汗，聽說以前索沃爾和羅威爾也來這裡買過麵包。老闆說貴族的每個行為舉止都很美，托魯克也有那個樣子。

「那你是同業了？這裡的確能採買到好東西。」

「是啊，作物的品質很好。要採購的話，果然就要挑料理好吃的地方。」

「哦，小哥你很懂嘛！」

托魯克配合大叔越聊越深入，然後試著拋出剛才他們剛才討論的八卦。

「對了，我看這裡戒備好森嚴喔。有什麼事嗎？」

「噢，聽說是大人物要來了。這個地方有別條貴族專用的道路，那條路現在排滿騎士固守，很誇張。像這種時候，通常都是大人物要來。治療院的醫生們都手忙腳亂的，那個大人物大概是要去治療院吧。」

「是這樣嗎？」

來，第二個麵包——大叔將麵包交給托魯克，托魯克也跟著付錢。

在托魯克大口啃咬麵包時，大叔和一旁的客人還是繼續聊著八卦。這位客人似乎是這個攤販的常客。

「每次有大人物來的時候，都沒好事。希望這次平安無事……」

「對啊，上次是大小姐被拐走嘛……王室實在做不了半件好事。」

凡克萊福特家和王室之間的不和，從艾齊兒那時就一直糾纏不清。托魯克在一旁都能聽見他們說，就算趕走了一個瘟神，王室還是一直折磨領主大人。

面對如此刺耳的談話，托魯克改變了吃法，慢慢品嚐。

因為咀嚼時的聲音會妨礙耳朵接收對話。大叔和客人誤會他是想要慢慢品嚐第二個麵包，也不覺得他不參與對話有什麼，逕自往下說：

「既然要去治療院，會是那位大人物要來治病嗎？」

「不會吧。因為這裡的治療院就算對上貴族也不會給面子啊。你有聽說嗎？有人在等看診的時候，一個骨折的騎士被抬進去，結果就被插隊了。」

「那也沒辦法。畢竟弄個不好，人家是要截肢啊。」

「結果那個等的人氣得罵是他先來的。我也不是不懂他的心情啦，不過聽說那傢伙只是想拿藥，才會裝病。」

「怎麼有這種人！」

「接下來才精彩！那傢伙大吵大鬧，卻突然飛了出去！」

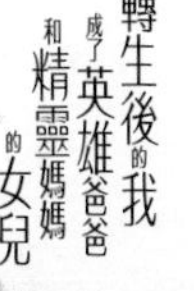

客人說完，大叔和托魯克都定格在原地。這世上能做到這種事的，就只有精靈了。

「聽說在場的人都聽到一道神奇的聲音。說他裝病。然後下一秒，那個人就被丟到外面了！」

「噢……噢……原來有精靈在啊。」

大叔太吃驚，回答的聲音都在發抖。停止咀嚼的托魯克也繼續開吃。

托魯克這才想起，艾倫和羅威爾都能在天上飛，不習慣的人確實會因為看了那種場面而昏倒。

而且就是因為看不見精靈，才更會慘叫，這就是英雄羅威爾的領地。再加上還有著名的精靈公主艾倫。

在有許多精靈魔法師的治療院發生這種事，任誰都會覺得是精靈所為。

這塊土地盛行女神信仰，他們極為重視精靈的恩惠。要是在這種地方惹精靈不高興，甚至被趕出去，眾人或許會認為子孫末代都別想和精靈締結契約了。

無論真假為何，不知道他們是不是看準了只要放出這種風聲，就不會再有人做這種傻事，不過在凡克萊福特這裡，這種事具有相當高的真實性。

吃完麵包的托魯克突然覺得有些不安。

（沒想到治療院竟和精靈有關聯……不對，這不重要。殿下應該不會被轟出去吧？）

托魯克懷著一絲不安，又對大叔說：「再來一個。」

＊

後來過沒多久，一輛奢華的馬車被騎士團圍著，前往凡克萊福特。

這條道路的前方是凡克萊福特負責管理的騎士塔。

賈迪爾和勒貝坐在馬車裡，佛格和托魯克騎著青色鬃毛的馬，跟在馬車旁。其他近衛則是騎著白馬圍在他們四周。

從馬車的小窗戶只能看到以等距離夾在道路左右兩旁的騎士們。他們走在軍用道路上，理所當然沒有平民，不過賈迪爾心中的凡克萊福特領，有著很強烈的人聲鼎沸印象。

窗外只看得見騎士們的身影。距離他在意的街道景色很遙遠。想當然耳，一點也不有趣，他馬上把視線從窗戶挪開。

「我總覺得凡克萊福特領的道路比王都還平整。」

「是的。據說為了減輕馬匹的負擔，艾倫小姐動用精靈，鋪設了這一帶的道路。」

「……真是驚人。」

坐在馬車座位對面的勒貝知曉答案。賈迪爾驚訝地瞪大了眼睛。

他再次望向小窗外的景色，但站在道路兩旁的騎士們擋住了視線，看不見道路。看來離開馬車後再確認比較好。

「這裡的道路遠比我們之前來的時候還要工整。應該是汀巴爾國內最完善的吧。」

「原來如此……這就難怪會有像山一樣多的請願書了。」

不知賈迪爾是不是在緊張，他以僵硬的表情微微苦笑著。

沒錯，最讓他緊張的，莫過於那封告知視察的回信上，寫著艾倫與羅威爾也會在場。那讓他驚訝到鬆開了拿在手裡的文件。

*

凡克萊福特領的騎士塔旁設有司令室和貴賓室。賈迪爾的馬車就停在那裡。

當馬車通過，一整列並排整齊的騎士們，同時俐落地行禮致意。那副訓練有素的模樣，代表著索沃爾的指揮能力有多高。

馬車抵達後，穿著正裝的索沃爾便上前迎接。

「賈迪爾殿下，歡迎您來到敝人的領地。」

「要麻煩你照顧了。」

賈迪爾看著低頭致意的索沃爾，但視線還是偷偷地飄移。索沃爾見狀，不禁苦笑。

「舍姪女在裡面喔。」

「嗚……嗯，這……這樣啊。」

「殿下……」

被索沃爾看穿心思，讓賈迪爾整張臉紅到耳根子去。見他們這段小聲的對談，一旁的勒貝滿是無奈。

「來，這邊請。」

索沃爾帶領他們前往的地方——是司令室。

一行人一走進司令室，就看到羅威爾與穿著學院正裝的凱在那裡。羅威爾和凱一見到賈迪爾，便低頭行禮，賈迪爾也請他們今天多關照。

「殿下，請恕我無禮。我現在就叫小女出來，但請您保持一定的距離。」

「我知道。」

「艾倫，過來吧。」

羅威爾把手伸向空中，接著空中就像回應了他的聲音，出現一輪發光的魔法陣。賈迪爾見艾倫和凡從魔法陣中央輕輕落下，不禁瞪大了眼睛。因為艾倫的模樣與幾年前見面時完全相同。

「好久不見了，殿下。」

「呃，是啊……妳都沒變呢，艾倫。」

經對方這麼說，艾倫內心也對賈迪爾的改變感到非常驚訝。因為艾倫上次和賈迪爾見

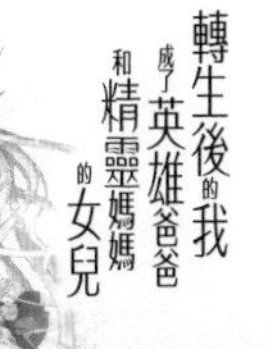

面，是在拉菲莉亞被綁架時。

那件事之後，賈迪爾的身高迅速抽高，神情也沒了原本的天真青澀，從少年變成青年的臉龐。

身高也已經超過羅威爾。跟拉比西耶爾非常相似。

「殿下您……跟陛下一模一樣呢。我還以為是陛下剪了頭髮。」

「是啊，最近常有人這麼說。」

面對輕笑的賈迪爾，艾倫不自覺有些緊張。她完全沒想到賈迪爾的外表會變這麼多。

仔細想想，凱和拉菲莉亞最近也顯著地長高了。艾倫的時間流逝和他們不同，那讓她覺得自己好像離他們越來越遠一樣。

而賈迪爾比他們年長，加上有一段時間沒見到面，艾倫理所當然會覺得和他的差距更大了。

賈迪爾的身高長到連脖子都有成長痛，艾倫就這麼盯著他不放。看著看著，賈迪爾的神情顯得越來越不對勁。

賈迪爾禁不起艾倫那雙眼睛的力道，錯開她的視線說：

「那個，艾倫……妳……這麼用力地看著我……我實在很難為情。」

說著這句難以啟齒的話語，賈迪爾已經滿臉通紅。艾倫卻聽不太懂那是什麼意思，這時她的視野突然變得一片漆黑。

「啊。」

「艾倫小姐？妳不用這麼盯著殿下喲。」

羅威爾從後面蓋住艾倫的視野。

「唔唔唔！」

艾倫試著要將羅威爾的手扳開，就這樣，兩人展開了攻防戰。索沃爾等人知道羅威爾這是想不著痕跡地拉開艾倫和賈迪爾的距離，滿臉都是無奈。

「大哥，艾倫，到此為止吧。」

「唔！」

「爸爸你好討厭！」

艾倫硬是把羅威爾的手扳開後，瞧見眾人都呆立在原地，只覺得難為情。

「啊，那個……我保證，我不會過度接近艾倫。」

「謝謝殿下。」

艾倫謝過賈迪爾這句話後，賈迪爾顯得有些落寞。

（嗚……）

看到那副表情，艾倫的心因為罪惡感，傳出一陣刺痛。雖說是因為繼承王室的血脈而被詛咒，賈迪爾本身卻沒有任何罪過。

「艾倫，謝謝妳願意在場。我有很多事想問妳。」

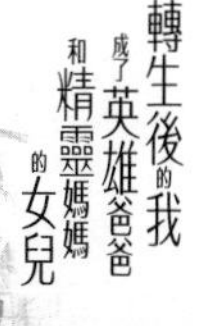

「……是。我也想跟殿下聊聊。」

賈迪爾的話語中已經不見天真的氣息。那張瞬間改變的神情，和拉比西耶爾非常相似。

這次視察是王太子教育的一環。賈迪爾身上已經沒了孩提時代的影子。

眾人離開司令室，前往騎士塔。負責介紹塔內的人是索沃爾，艾倫也興致勃勃地旁聽。

艾倫本身雖來過騎士塔的訓練場與馬廄，卻是頭一次進入塔內。

一行人由索沃爾帶頭，後面跟著賈迪爾與勒貝，羅威爾與艾倫則是殿後。

由於彼此隔著一段聽不見談話聲的距離，艾倫也小聲地和羅威爾交談。

「爸爸，原來騎士塔的裡面是這樣啊。跟塔比起來，反而比較像普通的宅邸。」

「騎士塔的塔是指建築物兩邊的塔。另外還有一個原因，就是在學院已經習慣用塔來稱呼了。」

「塔的部分有什麼嗎？」

「那邊是儲藏室、武器保管庫之類的。右邊的塔也叫聯絡塔，最上層有鴿舍。」

「傳信鴿嗎？」

「對啊。等一下可能會過去看吧。」

「是喔。」

「妳也姑且記下這裡的格局吧。不然以後有事找索沃爾，找不到會很頭痛吧？」

「我可以用水鏡鎖定地點，然後進行轉移，所以沒問題啊……」

「我都忘了還有這招。」

羅威爾也久違地踏入騎士塔，不小心回到從前的感覺。

若是如羅威爾所說，在艾倫和羅威爾身後擔任護衛的凱，以及獸化的凡，就有必要記住這裡的格局了吧。

這麼想的同時，艾倫忍不住回頭，正好見到興致勃勃，不停左右環伺的凱。

「凱，你興致勃勃耶。」

「啊……對、對不起。」

羅威爾代替慌亂的凱解釋：

「因為凱還不能進來這裡啊。」

「是這樣嗎？」

「是的。我們見習騎士不能進來這裡，因為這裡是騎士當中的上級長官專用的塔。」

「那叔叔就是在這裡辦公嘍？」

「索沃爾他不一樣。這裡是各部隊的隊長在用的。索沃爾他離家近，所以特別獲准可以從家裡直接過來。」

「那遇到緊急狀況怎麼辦？」

「索沃爾有幾個直屬的傳令用精靈魔法師，通常都是由他們聯絡。最近緊急狀況時，也會聯絡我，我再用轉移把索沃爾送過去。」

「因為轉移很方便嘛～」

羅威爾和艾倫基本上只有週末會來幫忙索沃爾。羅威爾偶爾會在緊急時刻幫忙，不過之所以會限定在週末幫忙，主要是因為凱。

凱身為學院的學生，一到週末才會從貝倫杜爾回到凡克萊福特。

艾倫本來還擔心凱這樣會太辛苦，不過學院的騎士課程有些特殊之處，每到週末，會寄宿在凡克萊福特領地的訓練場，進行為期三天的練習。

「為什麼會有這條規定？」

「帶著行李移動是騎士的基本功。這是為了讓他們習慣騎馬移動，也讓學院的精靈治療師們休息喔。畢竟他們一旦開始陪騎士科的學生訓練，根本沒空休息。另外就是，這裡的訓練場比較大。」

「這樣啊～」

而且像凱這樣，於在學期間接了護衛工作的學生，就能免除課程。

「凱是用轉移來移動嗎？」

「不，我也是騎馬。我只有擔任您的護衛時，才會使用轉移。」

「什麼……你不用嗎？」

既然已經跟凡締結契約了，應該可以想怎麼用就怎麼用。艾倫見凱不會依賴這種方便的力量，純粹感到驚訝。

「轉移是很輕鬆，但我覺得自己不能習慣這件事。以訓練腿和腰來說，騎馬也是騎士的基礎。」

「我倒是自從認識奧莉後，就一直狂用。」

聽了羅威爾從旁插進來的話，艾倫覺得凱真是生性認真。

說到馬，凡克萊福特領的馬廄裡，應該有數百匹馬吧。一想到那些全是軍馬，就覺得實在是多得可怕。

而且這裡也有給往來學院的馬用的小屋，乍看之下，給人的印象實在不像馬廄。

「馬啊……」

「呵呵呵，艾倫，晚一點也會去看馬廄喔。」

「嗚嗚……」

聽到馬廄兩個字，艾倫不禁愁眉苦臉，羅威爾看了只覺得好笑。凱見狀，則是詢問怎麼回事。

「以前艾倫在馬廄裡，被馬咬了頭髮。」

「呃……那後來沒事嗎！」

「嗯……嗯，我沒事喔！我只是嚇了一跳……」

「她頭上的這根翹髮被吃得津津有味。」

羅威爾戳著艾倫頭上的翹髮，沒想到那根翹髮竟俐落地拍打羅威爾的手。

「！」

艾倫無視嚇得定格的羅威爾，依舊是一臉苦澀。看來她對靠近馬已經有了遲疑。

『要不要吾去吞了那匹馬？』

吼吼吼吼吼……凡發出宛如緊貼著地面的吼聲說著。艾倫聽了，急忙制止他。

他們聊著聊著，索沃爾已經介紹完這棟建築物。接下來要前往訓練場，他們於是跟上。

「……結果沒去傳信鴿那裡耶。」

「大概是因為那邊要爬樓梯，而且又窄又臭吧。」

見羅威爾笑道，艾倫有些遺憾。艾倫很喜歡動物，所以其實有點想去看。

「對了，凡，你能吃生肉嗎？」

想起剛才凡說要吞了那匹馬，艾倫拋出了這道疑問。

精靈其實基本上不怎麼進食。在人界的精靈們原本就是野獸，所以會正常吃喝，但精靈界充滿魔素，幾乎不進食也沒有影響。

凡在人界時是個大胃王，但艾倫記得她剛出生，還待在精靈界的時候，凡倒是不怎麼吃東西。

『吾比較喜歡煮過的。但這不是重點，吾想吃很多東西，然後變大隻！』

生肉腥臭，而且會弄髒嘴邊的毛，凡不太喜歡。重視自己的毛皮，這倒是很有凡的作風。

瞧凡意氣風發地說著，一旁的凱不禁失笑。

『小鬼……』

「沒事。」

凱似乎知道什麼內情，他面對開口牽制的凡，只是露出一抹從容的微笑。

艾倫歪頭看著雙方一來一往。他們互動的模樣不像往常那種針鋒相對，看起來關係非常緊密。

其實是因為凡被奧絲圖這位母親以小鬼稱呼，他純粹是想讓自己的軀體變大。而凱知道這件事，所以在笑他。

「你們感情真好！」

艾倫不知實情，以為兩人是因為締結契約而達成和解。

「我們感情才不好！」

凡和凱異口同聲的回答實在太有默契，讓艾倫開心地笑了。

一行人抵達訓練場，看見騎士和見習生們就在那裡一起練習。

為了方便下達指令，訓練場位在低了一個樓層的位置。參觀的人可以由上往下看。不過現場還是有危險性，因此周圍都設了柵欄。

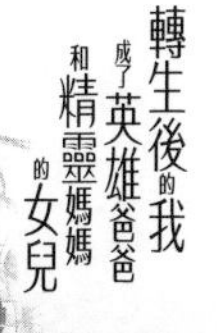

艾倫對這裡很熟。因為她以前為了替拉菲莉亞加油，曾來過好幾次。

騎士們見到穿著正裝的索沃爾和賈迪爾，以及鮮少會看到的近衛騎士和英雄羅威爾，各個都僵硬得彷彿能聽見肢體發出的聲響。

「所有人！」

索沃爾一聲令下，騎士們就像受到外力操控，全部排排站，讓艾倫訝異不已。

「向殿下敬禮！」

所有人隨著摩擦衣服的聲音往下伸直右手，下一拍便將右手放在胸前。他們接著對賈迪爾行了一禮，然後抬頭。

從騎士到見習生，沒有任何一絲脫序，是非常完美且一致的行禮。

「謝謝你們在訓練中還顧及我，繼續吧。」

「敬禮！」

賈迪爾笑著回答後，眾人又在索沃爾的指令下行禮。

這一連串動作非常美麗，艾倫看得雙眼都亮了。

「隊伍好整齊，而且好漂亮喔！」

「包括見習生在內，場中有這麼多人，事前不經預演就能做到這種事，可是我們的強項喔。聽說其他國家想學也學不來呢。」

聽見艾倫道出感動的言詞，羅威爾替她做了說明。他講解時，顯得非常懷念。

「訓練是男女一起耶。」

「是啊，因為戰鬥的對象不分男女嘛。」

「噢、噢……」

人界的貴族社會大多是男尊女卑，其中凡克萊福特看起來似乎極為平等，但艾倫重新體認到，那卻是在一個嚴酷環境下的平等。

女性要和男性並駕齊驅戰鬥，一定是非常辛苦的事。一想到拉菲莉亞自願成為騎士，並且總是在這裡練習，艾倫就擔心得不得了。

（她不會受傷吧？沒事吧……？）

艾倫擔憂的心聲似乎被聽見了，這時訓練場的角落傳出歡呼聲。角落似乎正在舉行一場大規模的模擬戰。

仔細一看，場上是個嬌小的女性，對付有男有女好幾個健壯的騎士。

嬌小的女性自由揮舞比自己的身高長好幾倍的長槍，輕輕鬆鬆撂倒對手。那名女性看起來很像艾倫熟悉的人物，讓她目不轉睛地盯著看。

「啊。」

艾倫反射性發出聲音，索沃爾他們也發現了，賈迪爾更是驚訝。

「噢，那是小女。」

一邊苦笑，一邊這麼說的人是索沃爾。賈迪爾和艾倫聽了，異口同聲說：「什麼？」

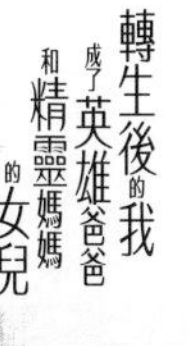

「我是有聽人家說過，但沒想到拉菲莉亞小姐居然厲害到這種地步……？」

賈迪爾看了瞠目結舌。一個年紀比自己小的女孩子，居然接二連三撂倒幾個大男人，他實在不敢置信。

「是啊。大概是血濃於水吧，小女非常適合走這條路。我本來也不希望她做太危險的事……但現在我更擔心小女的對手。」

索沃爾有些麻木地說著，卻感覺暗爽在心裡。

索沃爾和拉菲莉亞過去沒有交集，現在透過騎士這個職業，開始重新建立親子關係。聽說最近兩人已經可以交手，實在令人驚訝。

「她……她跟從前相比，確實更活潑開朗了。」

對著感到相當不可置信的賈迪爾，羅威爾在一旁泰然問道。

「索沃爾一直哀怨她找不到人嫁，殿下覺得如何？」

「不可能。」

見賈迪爾連客套話都不說，立刻給予答案，羅威爾不禁咂嘴。站在一旁的索沃爾四周則開始急速降溫。

大概是因為儘管內心不願拉菲莉亞嫁人，但被人立即拒絕也難以忍受吧。

索沃爾雖然面帶笑容，眼裡卻蘊含著殺氣。寂靜惡魔降臨了。

「叔叔，不行！」

艾倫急忙從背後阻止索沃爾。

賈迪爾和護衛們一見索沃爾露出另一張表情，各個毛骨悚然。替這個無法收拾的事態畫下休止符的，是拉菲莉亞的聲音。

「哎呀，艾倫？」

「啊，拉菲莉亞——！」

她似乎是在模擬戰結束後，發現王太子一行人。艾倫來到柵欄前，從上方對她招手，拉菲莉亞看著眾人，也行了禮。賈迪爾苦笑，點了點頭當成回應。

艾倫看向羅威爾，以閃閃發亮的眼神詢問她能否過去。羅威爾馬上請賈迪爾批准，同時要她儘早回來。

艾倫利用轉移，落在拉菲莉亞面前，就這麼順著落下的力道抱住她。

「拉菲莉亞，妳好帥——！」

「沒想到妳也來了！真是的，說一聲啊。不然好難為情。」

「因為我聽說可以看到妳訓練的模樣，就想給妳一個驚喜。對不起喔。」

呵呵呵——見堂姊妹笑著對話，似乎讓索沃爾的心情好轉了。

「大哥，就算是開玩笑，也請你別替拉菲莉亞牽線。」

「又不是什麼大事，沒差吧。」

「殿下，請問您是否有意和艾倫——」

「是我不好！」

面對索沃爾這句回擊，羅威爾的反應非常迅速。

「不用聽索沃爾你把話說完，我也樂意做出回答。」

賈迪爾也順勢幫腔。

「別鬧了！不行！絕對不行！爸爸我不許！」

艾倫和拉菲莉亞聽見羅威爾的慘叫，不禁一臉茫然。

「我聽說這是視察，但感覺好熱鬧喔……」

「會……會嗎？」

「對了，視察結束後，妳會繞來家裡嗎？」

「嗯。我們有說要一起吃飯，所以我會跟爸爸一起去。」

「這樣啊。那我們晚點見了！」

「嗯！」

訓練要加油喔──艾倫如此替拉菲莉亞打氣。拉菲莉亞也對著艾倫等人揮手。

艾倫接著轉移回到羅威爾等人身邊，但他們還沒吵完。

而且護衛和近衛們看起來已經不敢恭維羅威爾他們的爭吵。

對艾倫來說，她已經看慣羅威爾他們如此和樂融融的模樣，但現在賈迪爾也攪在裡面，她實在不覺得賈迪爾是跟著他們一起笑鬧。

「回來啦，艾倫。」

「對不起，我擅自離開。」

「不會，反正我們的談話也沒什麼營養，無妨。妳跟拉菲莉亞的感情很好嗎？」

賈迪爾的這個疑問讓艾倫感到訝異，但她很快想起拉菲莉亞被綁架時，賈迪爾也在現場。

「我們和好了！」

艾倫開心地說道，賈迪爾也一臉溫柔，笑著說：「這樣啊。」

「那我們接著去看馬廄吧。敝領的馬很優秀喔。」

艾倫聽見索沃爾這句話，大力瑟縮肩膀。羅威爾看艾倫的臉色有些鐵青，摸著她的頭說：「沒事的。」

就快抵達馬廄的時候，賈迪爾察覺艾倫的神情不對勁，因此開口關心。

「噢，其實舍姪女有點怕馬。」

「艾倫會怕？」

「不知道是不是因為動物喜歡她，她前幾天被咬了頭髮，弄得整顆頭都黏答答的。」

護衛和近衛們受到笑著提起這件事的索沃爾影響，紛紛偷看艾倫。

眾人突然集中視線在自己身上，艾倫似乎嚇到了，她驚叫一聲後，躲到羅威爾身後。

那副模樣在別人眼裡就像一個怕生的小孩躲到父母身後那般欣慰，守護著艾倫的人們都以溫暖的眼神看著。

因為艾齊兒的行徑，外傳汀巴爾王室和凡克萊福特家之間彼此交惡。眾人原本認為這次視察的氣氛會非常緊繃。

不過艾倫起了緩和作用，視察已經變得非常祥和。

索沃爾從頭開始說明軍馬的訓練和養護的流程，賈迪爾才想起有個問題要問。

「對了，我想問艾倫。我聽說你們把甜菜渣當成馬的飼料。」

「是的。」

「我還聽說決定要種甜菜的人是妳，妳為什麼會選甜菜呢？」

後方的近衛們聽到賈迪爾這番話，純粹覺得驚訝。大概沒想到那是這麼小的孩子出的主意。

賈迪爾興致盎然地想聽箇中理由，艾倫卻閉口不言。

（嗚……怎麼辦……）

見艾倫眼神游移，賈迪爾不禁困惑。

艾倫偷偷瞄了羅威爾他們一眼，只見知情的羅威爾和索沃爾紛紛別開視線，抖動肩膀忍著笑意。

（他聽了絕對會笑我，不然就是傻眼……）

就在艾倫覺得實在難以啟齒時，賈迪爾似乎是以為這件事不能公開，眉毛逐漸失落地下垂，一臉為難。

（嗚！有股罪惡感……！）

看來艾倫拿賈迪爾這副表情沒轍。

「……殿下不會笑我嗎？」

艾倫有些難為情地開口詢問。那份難為情也傳染給賈迪爾，他的臉龐染上些許潮紅。

「我、我怎麼會笑妳？我打從一開始就很訝異，覺得妳居然能發展出這麼高的利益。所以妳能告訴我嗎？」

艾倫有些忸忸怩怩地輕聲說道：

「因……因為我想吃甜點……」

艾倫這句話讓賈迪爾愣在原地。她的臉已經一片通紅。

儘管羅威爾和索沃爾都在笑，賈迪爾的表情卻漸趨認真。

「只是想吃點心，就做出這麼龐大的利益……？」

「當……當然了，我也是思考過有前景的利益跟菜渣的利用方式。不然大家一定不會同意我種甜菜。而且對患者來說，最營養的東西還是糖分……」

「糖分？」

「呃……就是砂糖。用砂糖、鹽、檸檬跟水做成的飲料，對虛弱的人很有幫助。」

她說的是口服補水液。艾倫會推薦治療院和騎士們服用蜂蜜檸檬水或加了鹽巴的檸檬水。

「可是砂糖很貴，所以我才會拜託叔叔自產砂糖。」

「……是這樣啊。」

賈迪爾陷入沉思。艾倫不知道賈迪爾會說些什麼，緊張不已。

此外，艾倫也開始慢慢拓展治療院用的棉花、茶葉、咖啡豆、檸檬和玉米的栽種規模。跟其他領地購買比較貴，所以她希望能盡量自己生產。

這些是艾倫看過學院的系統後，所做的提案。治療院所耗資金非常龐大，所以由自己的領地達成某種程度的自給自足才是最理想的型態。

治療院的庭院裡種著許多檸檬樹。鮮豔的果實構成的景色，在住院患者間也大受好評。

「艾倫……妳實在是……」

見賈迪爾一直盯著自己瞧，艾倫的心跳不禁漏了一拍。他會無謂地刨根問底嗎？

（什……什麼……？）

當艾倫目不轉睛地看著賈迪爾，眼尖的羅威爾於是順手將艾倫藏在身後。

「殿下，我們差不多該去治療院了。」

「啊……好，你說得對。」

賈迪爾這才回過神來，同意羅威爾的提議。既然要去治療院，就代表接下來將由艾倫負責解說。

艾倫懷著不知賈迪爾會問什麼的些微緊張感，牽著羅威爾的手，坐上前往治療院的馬車。

＊

治療院的正門，站著兩名精靈治療師等待他們。總院長和副總院長很明顯已經緊張到全身僵硬。他們見到先下車的羅威爾和艾倫後，才鬆了一口氣。

凡克萊福特的治療院才設立幾年，歷史很短，總院長也是四十幾歲的青壯年。副總院長則是三十幾歲的女性。

裡頭的精靈治療師平均年齡竟然只有三十幾歲，絕大多數都是年輕人。

儘管還算有幾個資歷較深的醫生，卻因為艾倫接連推出顛覆常識的改革，他們的思緒完全跟不上，因此離職的人意外地多。

住院設施分成一棟、二棟和三棟，用來當成治療院的建築物也逐漸增加。

每一棟建築物都有院長，但現在在場的這兩個人卻是負責管理所有建築物的人。

以賈迪爾為首，近衛們一看到治療院的規模，瞬間瞪大了眼睛，愣在原地不動。

就算經常往來凡克萊福特的騎士們已經見怪不怪，對幾乎不會離開王都的近衛們來說，卻是從沒見過的光景。

賈迪爾因為眼前的建築物太過龐大，一時之間啞啞。畢竟他幾年前過來的時候，並非如此光景，所以也難怪。

「賈迪爾殿下，歡迎您蒞臨我們凡克萊福特治療院。」

當總院長低頭致意，賈迪爾才回過神來。

「哪……哪裡。抱歉，你們這麼忙，我還跑來。我們一族……就是……總之因為那些原因，我會儘早離開。」

「好……好的……我們有聽羅威爾大人提過。」

總院長以為難的神情撇了一眼羅威爾。羅威爾看見那道視線後，嘆了一口氣。

「殿下，請恕我冒犯。」

「嗯？」

羅威爾對著賈迪爾張開大掌，隨後賈迪爾便聽見一道彷彿金屬的磨擦聲。

「我已經設下結界了，不過謹慎起見，還是讓精靈治療師們的精靈暫時休息了。由於還有人在工作，能帶殿下參觀的地方不多，請諒解。」

「我知道。」

「接下來會由艾倫介紹。不過請殿下別太靠近小女喔。」

羅威爾以打從心底厭惡的神情說著。他那對待尊貴之人的露骨態度，讓在一旁看著的勒貝有些訝異。

「殿下，我來為您帶路。」

艾倫低頭，行了個屈膝禮，就這麼站到前頭。她的後方跟著羅威爾和院長等人，因此賈迪爾幾乎看不見艾倫那小小的身影。

賈迪爾原本焦急地想著，要是離得太遠，會聽不見聲音。不過一同在場的凡為了他，操控了空氣，好讓他聽見聲音。

艾倫的聲音突然放大，讓賈迪爾嚇了一跳。艾倫於是解釋：「這是精靈魔法。」

「大精靈大人還辦得到這種事啊……」

「凡掌管風，所以他能收集讓空氣產生振動的聲音。」

凡活潑地擺動尾巴和耳朵，大概是艾倫的解釋讓他心情大好吧。艾倫見狀，隱忍著想飛撲上去的衝動。

進入治療院的入口後，馬上就會看到櫃檯。裡頭有許多坐在長椅上等著看診的病患。民眾看到隨著防備森嚴的隊伍出現的賈迪爾，全都開始騷動。

「各位，不好意思，麻煩不要喧譁。」

民眾聽了索沃爾的話後，急忙閉上嘴，低頭致意，就這樣一動也不動了。

「各位，不好意思在你們身體不適的時候來搗亂。請你們多保重。」

賈迪爾這番話感動了民眾。甚至有人因為能近距離看到王族，激動得眼眶泛淚。

繼續走吧——當賈迪爾說完，往前踏出一步的瞬間，事情發生了。

『站住。』

他們突然聽見一股對著腦袋說話的聲音。不只賈迪爾，連護衛和近衛們也聽見了，所有人都是一陣緊張。

『詛咒。』

這道響徹腦袋的聲音，並不是透過鼓膜傳遞。

「這……這是精靈的聲音嗎……？」

賈迪爾茫然地說著。而艾倫就像要蓋過他的聲音一樣，對著空中大吼：

「楚！我不是跟妳解釋過了嗎？殿下可以放行。」

這時空中突然出現一道黑色的漩渦，接著有個又瘦又黑的女人從中現身。

她有著一頭烏黑的直長髮，穿著一身黑色洋裝。肌膚像雪一樣潔白，雙眼用一塊黑蕾絲罩著。

她雖然飄浮在半空中，裙襬卻非常長，看不見她的腳尖。她的雙手戴著縫有蕾絲的黑手套，看起來就像是一套喪服。

更引人側目的是，她的頭上和背上竟長著類似枯樹枝的東西。樹枝就像一對翅膀，往左右兩邊伸展。

那副與治療院格格不入的模樣，讓人只覺得不吉利。

她的模樣看在賈迪爾等人眼裡，宛如威脅，護衛和近衛們紛紛站到賈迪爾前方，想替他擋住威脅、保護他。

「大家不必擔心。」

艾倫馬上制止他們。

「她叫做楚，是掌管真相的大精靈。」

艾倫做了介紹後，賈迪爾等人驚訝地瞪大雙眼。

「真相……原來如此，最近大家口耳相傳的就是……」

「口耳相傳？」

賈迪爾那道想通一切的聲音，讓艾倫感到不解。看來人們在外面瘋傳，卻沒傳進艾倫的耳裡。

「據說要是在凡克萊福特的治療院裝病，會被攆出去……」

「噢，對。他們說的就是楚。」

在艾倫恍然大悟的瞬間，楚的頭就像貓頭鷹一樣，整個往右旋轉。見到那突如其來的動作，賈迪爾等人因為恐懼，肩膀全瑟縮了一下。

『裝病。』

楚說完的瞬間，背上的部分羽翼突然伸長，抓起畏首畏尾躲著的男人的衣領。

「呀啊啊啊！」

才剛以為他的身體翻了一圈，下一秒就對著敞開的大門被扔出去了。

守在大門口的護衛和近衛們展現出驚人的反射神經，俐落地避開。

在場不只賈迪爾一個人愣在原地目送男人。等著看診的患者們也是第一次親眼目睹，所有人不禁懷疑自己的眼睛。

「楚，做得很好。」

艾倫笑著讚賞，楚也低頭致意。

「難道她看得見疾病嗎？」

「是的。楚看得見真相，也會告訴我們，病人哪裡不舒服。我會先請她判斷患者是受傷、生病還是心理疾病，再用於接下來的診療。」

艾倫一邊解釋，一邊摸索著口袋，拿出某樣東西。接著她把用碎布包著的東西交給楚。

「謝謝妳平常出這麼多力。不嫌棄的話，這個給妳吃。」

小小的包裝形成可愛的蝴蝶結狀。楚雙手併攏，極為珍惜地從下方接收。

『糖果。』

「嗯，是檸檬口味的喔。」

『感謝。』

「我才要說謝謝！我下次再帶來給妳喔。」

『吾，等待。』

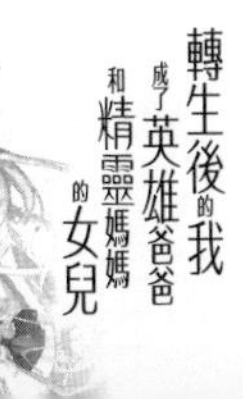

說完，楚「呼」的一聲消失了。

艾倫難以啟齒，其實她是以糖果為條件，才請動楚來治療院幫忙。這點艾倫實在說不出口。

「沒想到妳會請精靈來判斷是否裝病……」

「因為有很多人沒生病，卻想拿到藥。我想著該怎麼解決這件事的時候，雙女神便把楚指派給我了。」

「……嗯？」

賈迪爾總覺得自己好像聽見艾倫的解釋裡有個無法忽視的名詞。

「…………雙女神？」

「是的。楚是沃爾姊姊的眷屬。」

見艾倫一邊說，一邊往前走，賈迪爾等人全都驚訝不已。

「妳……妳讓雙女神的眷屬看病嗎……」

眾人吞了吞口水，心想這個治療院搞不好是比神殿更神聖的場所。

「多虧有楚在，那些只想拿藥的患者才會變少，真的是幫了一個大忙。可是現在情況又變成，患者會在回家路上遭人襲擊。」

「什麼……！」

「在玄關待命的騎士會對剛才那位被轟出去的人做身家調查。我們是會讓這種人再也無法踏入領地一步啦。但他們總是不肯放棄……」

「……真是辛苦啊。」

「是啊。所以我會讓患者在吃藥的三天期間住院。這裡的患者只能在治療師面前吃藥。為了增加能讓人住三天的病床數，現在才會開始擴建。所以腹地才會這麼大。」

「原來如此。我就覺得這裡大到嚇人，不過原來有這層理由。」

艾倫帶領他們往治療院深處走去。經過櫃檯後，後面有幾間房間，他們走進其中一間。

「請保持安靜。」

艾倫伸出食指叮囑眾人。賈迪爾點頭後，艾倫開始悄聲說明這間房間。

「在櫃檯那裡等待看診，然後在這裡讓醫生診療。後面是……」

診療室裡沒有牆壁。雖然門口準備了許多東西，一開啟診療室的門，裡面卻只用隔板隔開。

此外診療室的深處用一整片白色的窗簾隔開。輕輕掀開窗簾後，會看見裡面放著等距相隔的病床，而且其中幾床已經有人在使用。

艾倫提醒眾人，要是疾病傳染開就不好了，請勿再靠近。

「這裡有病床，病患會在這裡吃三天的藥。有些人做完這個療程就會康復，但一小部分症狀沒有緩和的人，將會移到別棟住院。」

室內明亮得連純白的床單都很耀眼。棉製的窗簾則會輕輕擋下燦爛的陽光。

病床旁放著藍紫色的乾燥花，散發出一抹淡淡的清香。

窗邊放著插有鮮豔花朵的花瓶。窗外還能看見青翠的樹木。

賈迪爾發現外面有結著黃色果實的樹，一問之下，艾倫告訴他：「那是檸檬。」

當他思索著為何要種檸檬時，艾倫解釋那會用在營養失調的病人餐食上，令賈迪爾很是佩服。既能賞心悅目，也能用於治療。完全沒有浪費。

這裡和既有的治療院完全不同。其他人看到這裡竟如此與眾不同，都非常驚訝。

「…………真是厲害。」

「接下來請往這裡。」

一行人回到走廊，繼續往深處前進。裡頭有藥室，部分藥品會在這裡進行製作。

「妳的藥就是在這裡做的嗎？」

賈迪爾忍不住這麼問，艾倫回頭說道：

「這裡沒有藥。畢竟要是被偷走會很麻煩。」

「也、也對！的確是如此。」

艾倫連陛下都不肯透露隻言片語了，又怎麼會在這裡老實說出來呢？

見賈迪爾就像要說給自己聽一樣，匆匆忙忙重複同一句話，艾倫不禁眨了眨眼。她不懂賈迪爾為什麼要這麼慌張。

而且才剛覺得他慌張，現在又一陣失落，從旁觀察賈迪爾，才覺得他這個人真是靜不下來。

「我聽說殿下在王都負責管理治療院。」

「對，沒錯。你們在王都也蔚為話題，大家都很好奇凡克萊福特的做法。」

「謝謝殿下讚賞。」

艾倫露出滿面笑容，賈迪爾卻沒由來覺得那張笑容和平常不太一樣。

賈迪爾不禁端正姿勢。甚至可以說——他正在等待艾倫開口。

「……妳是不是想問我什麼問題？」

賈迪爾這句話引來艾倫一臉訝異。

「殿下……」

「什麼事？」

「您真的越來越像陛下了呢。」

原本有些訝異的艾倫，很快換上一張不懷好意的無邪面孔。

那讓賈迪爾覺得心臟一陣收縮。

＊

艾倫快速結束在藥室裡的談話。

賈迪爾難以琢磨那簡單的對話有何意義，不禁陷入沉思，顯得有些心不在焉。

當他回過神來，發現太陽已經快下山。他急忙確認接下來的行程，才知道視察已經順利結束，最後要在凡克萊福特的宅邸進行餐會。

賈迪爾驚覺不妙，卻已經太遲了。

他一路上心不在焉，回過神來，已經被帶領到餐廳，甚至開始用餐了。

現場夾雜著不致於妨礙對話的細微刀叉聲。

坐在對側的賈迪爾，好幾次望向了艾倫，對方卻毫無所覺。

為了要在食物送上餐桌前，由他人先試毒，賈迪爾身後站著好幾個試毒的人。

艾倫見每當食物送來，試毒的人都很開心的模樣，於是拜託羅倫，稍後也招待那些護衛們同樣的餐點。

伊莎貝拉從頭到尾都笑容滿面，至於羅威爾則是對始終看著艾倫的賈迪爾感到非常不悅，拚命灌酒。

艾倫總會流暢地回答賈迪爾的問題，羅威爾卻會不時介入，提醒艾倫要有分寸。

賈迪爾見他們父女這般互動，不禁發笑。如此安穩的光景就在眼前，不過在這場餐會中，最令人擔心的是同桌的拉菲莉亞。

拉菲莉亞結束訓練回來。她非常期待能跟艾倫一起共進晚餐，卻聽說賈迪爾也在場，忍不住皺眉。索沃爾見她的臉色這麼難看，不知是怎麼回事，心慌不已。

『……艾倫也在吧？』

『呃……嗯，她在喔。』

『那我也一起用餐！我就坐在她旁邊。』

這句話讓眾人傷透了腦筋。照理來說，拉菲莉亞不能一起用餐，但索沃爾還是姑且徵求賈迪爾的意見，最後獲得准許。

索沃爾的視線始終對著拉菲莉亞。他就是擔心拉菲莉亞會作怪。

拉菲莉亞知道賈迪爾其實很在意艾倫，所以只是想看好賈迪爾，以防他對艾倫有什麼怪舉動。

拉菲莉亞就這麼無視索沃爾等人在誤會之中的憂心，默默吃著餐點，並未惹出問題。

運動過後讓她非常飢餓。賈迪爾見她就算在王族前也毫不客氣、光明磊落的模樣，不禁笑了。

在眾人聊著無傷大雅的話題之際，餐點也都吃完。賈迪爾顯露出要開始談正事的態度，向羅威爾提出要求。

「羅威爾閣下，能麻煩你設下結界嗎？」

「……行啊。」

羅威爾「啪」地彈響手指，整個餐廳便被結界包覆。伊莎貝拉和羅倫都身在其中，但賈迪爾的護衛們卻被排除在外，因此一陣驚慌。

賈迪爾做出手勢安撫。護衛們也馬上明白了。賈迪爾就這麼不管一臉擔心的護衛們，開始談話。

「艾倫，你在治療院說，有事情想問我對吧？」

「是的。」

「之所以不在那邊說，是因為還有很多外人在，我這麼說對嗎？」

「感謝殿下體察。幫了一個大忙。」

「那麼妳想問的事情是什麼？」

「殿下您知道治療院用的藥材都是從哪裡進貨的嗎？」

「大致上都知道。」

「……既然如此，您知道有在經手蜂蜜……蜂蠟的貴族嗎？」

「蜂蠟……」

賈迪爾聽了，撫著下巴陷入沉默。他聽出艾倫的話語帶著試探。

「我可以告訴妳，不過對我有什麼好處？」

「可能有。因為我並不是想直接跟貴族談生意。」

艾倫以滿是期待的笑臉回答。感覺就像在玩文字遊戲。因為賈迪爾的應答和面對拉比西耶爾時的感覺很像，讓她非常驚訝。

相反的，賈迪爾卻深深皺著眉頭。他拚命策動頭腦，想盡辦法要跟上艾倫的思維。

「如果妳想用蜂蠟來做藥，直接跟其他貴族交易，那的確讓人頭疼……這樣啊，原來妳已經看得這麼透徹了。」

賈迪爾苦笑。艾倫聽了他的話，卻很開心。

但賈迪爾馬上露出有些為難的表情，那讓艾倫不解地歪著頭。

「我們的利害關係已經一致……不過有一件稍微棘手的事。」

「……您說的那件事，我們解決得了嗎？」

「或許只有你們能解決。如果我這麼說，妳會如何？」

「我會答應跟您交涉。只有我們——換言之，或許是和精靈有關。」

見艾倫馬上做出回覆，不只賈迪爾，連羅威爾和索沃爾都很吃驚。

「謝謝妳……說實話，我覺得這件事只有你們能解決……拉菲莉亞。」

「咦？怎……怎樣？」

面對拉菲莉亞無理的態度，賈迪爾笑了，覺得她一點也沒變。

拉菲莉亞被索沃爾小聲叱責，卻在聽見賈迪爾拋出的這句話後，訝異地睜大眼睛。

「有個管理著養蜂事業貴族在。但那個養蜂場傳出有個一身黑的女人出現。」

說到這裡，索沃爾發出「啊」的一聲。

「拉菲莉亞，我猜這件傳聞說的是妳的母親。」

「咦……」

見拉菲莉亞等人瞪大雙眼，賈迪爾繼續說：

「最近甚至傳出這個一身黑的女人出現的周邊，有盜賊出沒。我們之所以派人去調查，硬要說的話，是懷疑這個一身黑的女人會不會得了某種病。經過調查，我卻收到有形跡可疑的盜賊出沒的報告。」

關於疾病的疑慮，拉比西耶爾已經事前透過索沃爾，請羅威爾和艾倫派遣精靈去調查了。

羅威爾和艾倫四目相交，這才想起原來是那件事。賈迪爾隨即表示，希望能藉助他們的力量。

「這批盜賊可能受鄰國海格納操縱。我認為拉菲莉亞的母親可能在幫助他們，或是被他們抓走了。」

「……什麼意思？」

「盜賊出沒的地方，全是那個黑女人出現過的地方。」

拉菲莉亞的母親艾莉雅受到雙女神定罪，頭顱以下都被黑色荊棘包覆，染得一片漆黑。

拉菲莉亞聽完大受打擊，艾倫卻馬上蓋過賈迪爾的話。

「請您先等等，殿下。盜賊是在民眾目擊到女人之後才出現的嗎？」

「沒錯。」

「那為什麼這樣就算在幫他們呢？」

「……嗯？」

「請問民眾是怎麼看待這個黑女人的傳言？是很可怕嗎？會有很多人搶著去看嗎？」

「……我聽說是很可怕的傳言。」

「既然如此，女人出現的地方應該幾乎沒人去吧？倒不如說，可能會有士兵前去調查，對盜賊來說，出現在那裡，豈不是徒增危險嗎？」

「也……也對。」

說了這麼多，在場所有人似乎都發現了。最先出聲的人是索沃爾。

「……難道艾莉雅被人盯上了？」

伊莎貝拉用雙手摀著嘴巴，擋下自己發出的尖叫。拉菲莉亞的臉色也是一片鐵青。

凡克萊福特家曾歷經王室雇人綁走拉菲莉亞的事件。所有人大概是想起了當時的事吧。

「拉菲莉亞……」

「艾……艾倫……」

艾倫握住坐在身旁的拉菲莉亞的手，藉此告訴她不用擔心。艾倫隨後直接對著賈迪爾，清楚說出這句話：

「我想現在還很難說那個一身黑的女人被盯上了。」

「沒錯。現階段只是有那個可能性。」

站在索沃爾的角度來看，對方是前妻。以貴族的立場來說，一個平民前妻根本不必理會，拉菲莉亞卻無法如此。

艾莉雅一家人疑似趁夜逃走，之後便不知下落。只要羅威爾拿出真本事，想必可以追蹤到，但羅威爾厭惡艾莉雅，勢必不能拜託他尋找。

艾倫的反應卻不同。

「爸爸，我們走吧。」

「什麼！要走嗎！」

艾倫的要求讓羅威爾等人很是訝異。照理來說，別再和已經離婚的人扯上關係才是常識。

「艾莉雅小姐是拉菲莉亞的媽媽。這個事實不會改變。」

「艾倫……」

拉菲莉亞以泫然欲泣的聲音叫著艾倫。但下一秒，她就像也下定了決心，堅定地看著賈迪爾。

「我也要去。」

「等、等一下！拉菲莉亞！」

索沃爾一陣慌亂，臉色也很差，或許是在害怕拉菲莉亞會回到艾莉雅身邊。

拉菲莉亞也隱約察覺索沃爾的心思，顯得有些開心。

「爸爸，你不要誤會。我是要去做個了結。不然我絕對會後悔。」

「咦……」

與其說是為了艾莉雅，更像是為了自己的心緒。

「無論如何，只要這個問題不解決，就沒辦法繼續談蜂蠟的事。不管那個黑女人是不是艾莉雅小姐，也都應該解決這個問題。」

「艾倫說得對。因為有人在養蜂場附近目擊到黑女人，現在已經開始謠傳養蜂場被詛咒了。再這樣下去，養蜂場搞不好會倒閉。」

艾倫聽了，不斷發出「嗚嗚嗚」的聲音。

「我們不能自己養蜂嗎？」

能不和麻煩扯上關係最好，羅威爾於是迂迴地問問看，沒想到艾倫卻傻眼地看著他。

「爸爸，你以為我們領地什麼最多？」

「啊……馬嗎？」

馬會被蜜蜂嚇到狂奔，極有可能發生意外事故。對馬來說，蜜蜂是天敵。

見羅威爾忘得一乾二淨，艾倫無情地說：

「爸爸你不用跟來沒關係喔。我和拉菲莉亞還有凱他們去！」

羅威爾看到艾倫開心笑道，眼睛睜得偌大。

「我也一起去吧。我的頭銜應該很好用。」

賈迪爾也表示要同行。羅威爾根本不可能同意賈迪爾跟著艾倫行動。但艾倫又滿心想去。

「啊……啊……啊……」

羅威爾的身體不斷發出顫抖。他連持反對意見的時間都沒有，事情就這麼定案了。

＊

餐會後，所有人移動到會客室，讓賈迪爾的三名護衛同席。

他們重新討論在餐廳談論的話題，逐一決定好前往菲爾費德的日期等詳細行動。

他們計算雇用馬車和搬運行李會耗費的天數，配合賈迪爾的行程前往。

此時主要以索沃爾、羅威爾還有賈迪爾他們為中心討論。艾倫和拉菲莉亞兩人只是在一旁默默聽著。

從汀巴爾坐馬車到位在北方的菲爾費德，大約會花三天時間，途中會有一天需要野營。

艾倫知道自己這樣太輕浮，但一想到能像露營那樣，內心不禁有些興奮。沒想到羅威爾竟駁回夜晚繼續停留在人界這件事。

我們晚上要回精靈城喔——聽到他這麼說，艾倫總覺有些遺憾。

以前羅威爾和艾倫兩個人為了習慣自己的力量來到人界旅行時，也是想到艾倫還小，所以都是當天來回，晚上就回精靈界去了。

現在的艾倫跟以前一樣，外表看起來只有十歲左右。就算要準備野營，她也會因為手無縛雞之力而無法參與吧。

如果會礙手礙腳，艾倫覺得被反對也無可奈何。可是當她發現自己回到精靈城後，拉菲莉亞就會一個人被留下，便開始猛烈反對。

「我不能留下拉菲莉亞一個人！」

「放心吧，這種猛……咳咳，沒有人會做那種事，應該說做不來。」

「爸爸你怎麼能對女孩子說出這麼失禮的話──！」

艾倫在盛怒之下，不斷捶打羅威爾。但羅威爾從頭到尾只是「哈哈」笑著。

「艾倫小姐，您放心吧。拉菲莉亞小姐是猛……」

「我要生氣了喔！」

「不，小的什麼都沒說。」

見艾倫氣得鼓起腮幫子，凱也被逼退。

「請任命一名女性騎士跟著拉菲莉亞！」

「就算妳這麼說……我們這次是要偷偷去，恐怕很難喔。何況如果不是殿下同意的人，應該沒辦法同行吧？」

「那我就來問殿下！」

「我……我嗎？」

賈迪爾顯得畏畏縮縮，艾倫卻是卯足了勁。

「艾……艾倫，我不要緊喔。」

拉菲莉亞表示這也不是什麼需要特別在意的事。她反倒覺得艾倫的氣焰令人訝異。

「不行！不行啦，拉菲莉亞！妳是女孩子，換衣服的時候，一定要有個人替妳把風！」

艾倫體貼拉菲莉亞，不願退讓。

在拉菲莉亞看來，艾倫擔心她、把她當女孩子看待，這樣的存在顯得非常耀眼，讓她的臉頰微微泛紅。

「艾倫小姐，您不了解女性騎士的本性為何。那幫傢伙根本難以……」

「凱，請你閉嘴。」

「非常抱歉。」

艾倫罕見地瞪著凱。拉菲莉亞見艾倫重視自己大於凱，非常感動，突然叫了她一聲，並抱緊她。

「唔咕！」

「艾倫～～我好高興！」

「嗚？」

「嘿嘿嘿！」

「嗯？」

艾倫不知道拉菲莉亞為了什麼開心。當她歪著頭表示不解時，拉菲莉亞卻只是摸著她的頭，直說可愛。

接著拉菲莉亞抬起頭，就這麼看著凱。

「呵。」

「……唔！」

拉菲莉亞對凱露出一抹得意的笑容，兩人之間頓時火花四射。艾倫被抱在拉菲莉亞懷裡，所以沒注意到他們之間的火花。

「看起來沒什麼問題嘛……」

賈迪爾無奈地看著，不慎心直口快說出這句話。

羅威爾則是一邊嘆氣，一邊呢喃著：「我也好歹會設結界啊……」艾倫卻根本聽不見。

關於艾倫介意的重點，其實索沃爾也有同樣的疑念。他也試著列出幾名女性騎士，但要和賈迪爾一起行動的話，還是有困難。

「為什麼這麼難以決定呢？」

羅威爾聳了聳肩，回答艾倫這道稀鬆平常的問題。

「因為女性騎士本身人數就很少。她們都會被派去跟著王妃或公主。要派給殿下去不知道來回會花幾天的地方，實在有點難……」

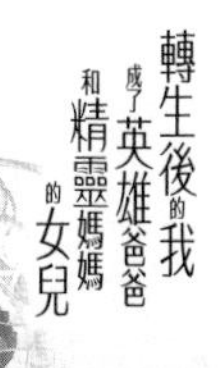

「那派凡克萊福特家的人也不行嗎？」

「這該怎麼說呢……外人會解釋成她們對殿下有企圖。」

「什麼？」

索沃爾這句解釋，換來艾倫和拉菲莉亞一陣錯愕。換言之，那是貴族們覬覦王太子妃寶座的一場鬥爭。

「只要以有了孩子為由結婚，在女神的制約之下，就無法輕易離婚。貴族們會看準這點，把自己的女兒送來當騎士。為了應付這種問題發生，才會限制跟著殿下的人的家世爵位。」

聽了羅威爾的解釋後，艾倫和拉菲莉亞都退避三舍，並同時遠離賈迪爾一步。

賈迪爾看了，大受打擊，拚命否認：「我對女神發誓，絕對沒做過那種事！」

「殿下是被猛獸盯上了啦。」

羅威爾大概是想起以前的自己了，一邊嘆氣，一邊說：「貴族其實是很辛苦的喔。」

「那我和拉菲莉亞隸屬公爵家，所以才能同行嗎？」

「是啊。就算雙方出了差錯，只要身分配得上殿下，就不會有問題。既然如此，自然是爵位在伯爵家以上的女性騎士較為適合。可是她們現在全都跟著王妃們，沒人有空。」

「我們才不會出差錯！」

艾倫斬釘截鐵說著。但賈迪爾聽了，內心卻極為複雜。

「艾倫，妳也不用說得這麼肯定……雖然我們的確是沒辦法靠近彼此啦……」

「您說什麼？」

「不……沒事……」

賈迪爾顯得有些失落，勒貝於是把手搭在他的肩上安慰。羅威爾見狀，忍不住道出嘲笑。

「那種話對我家女兒不管用啦。因為她是個呆頭鵝！」

「咦？怎麼突然講我的壞話？」

「我是在誇妳喔！」

「爸爸，請你暫時不要靠近我。」

「為什麼啊啊啊啊啊！不要啦啊啊啊啊啊！」

艾倫無情地無視發出慘叫的羅威爾，羅威爾卻一邊叫著：「反對叛逆期！」一邊從拉菲莉亞手上搶回艾倫，將她緊緊抱住。

「伯父的愛好沉重……」

這下連拉菲莉亞都對羅威爾退避三舍了。所有人的眼神中，都透露出對艾倫的同情。

「吾有主意。讓吾回去請示。」

始終沉默不語的凡開口了。賈迪爾似乎直到剛才都沒發現化為人形的凡，驚訝地問著：

「他是誰？」

「他是凡啦。是和凱締結了契約的大精靈。」

羅威爾一介紹完，賈迪爾和護衛們都嚇了一跳。

「是那位大精靈大人嗎……？真是驚人。」

當凡在眾人眼前獸化，賈迪爾開心地發出「哦哦！」的歡聲，似乎很興奮。

「大精靈大人真是厲害！」

無關對方是否被詛咒，聽到有人大肆稱讚自己，凡心情大好。耳朵和尾巴不斷擺動，就像在說：「吾很厲害吧。」

但當凡發現站在背後的凱瞇起眼睛，死盯著自己時，才匆匆忙忙說了聲：「吾會快去快回。」然後消弭身形。

賈迪爾連看到凡消失都極為興奮。護衛們原本就知道他從小憧憬精靈，因此那副模樣讓他們感到很欣慰。

「你能跟大精靈大人締結契約實在太厲害了。請務必用這份力量守護人民。」

「請恕我拒絕。我和他都是艾倫小姐的護衛。這股力量是為了艾倫小姐而存在。」

凱所說的這番話讓賈迪爾的笑容瞬間定格。

「艾倫的護衛……？」

只說了這一、兩句話，雙方很快有所領悟，瀰漫在兩人之間的氣氛也突然開始動搖。

艾倫見狀，不知凱的態度如此不敬，會不會惹出什麼問題，整個人提心吊膽。

羅威爾和凱都覺得這樣理所當然，態度也光明磊落，但苦了索沃爾只得抱著頭苦惱。看來那果然不是能臉不紅氣不喘說出口的話。

但這時候有個人介入了賈迪爾他們之間。這個人站在艾倫前面，把艾倫藏在身後，不讓他們兩人有機可乘。

「你們兩個人都休想靠近艾倫！」

拉菲莉亞跳進來威嚇賈迪爾和凱。賈迪爾和凱頓時滿臉問號，但他們馬上進入狀況，現在三個人處在一觸即發的狀態下。

艾倫急忙要他們冷靜。然而索沃爾看到這種情況，無奈地說：

「看來拉菲莉亞是艾倫的護衛騎士了……」

「實際上就是這樣吧。不然光靠那女人的女兒這一點，根本不足以帶她一起走。」

羅威爾聽了索沃爾的呢喃後，做出回覆，兩人就這麼靜靜旁觀著。

索沃爾看拉菲莉亞以前好像喜歡賈迪爾，所以原本很猶豫讓她在場，不過似乎是他杞人憂天了。

另一方面，再看看那三名護衛。勒貝笑容滿面，似乎覺得有趣；佛格憂心忡忡地看著事情走向。

至於托魯克則是以熱情的視線看著身為管家的羅倫沏茶。

羅倫察覺一旁有視線，側眼瞪著托魯克，使托魯克瞬間漲紅了臉。

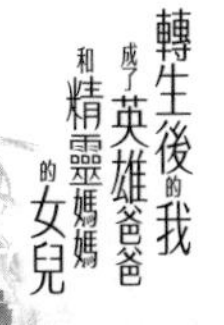

佛格見托魯克如此，目瞪口呆地說：

「托魯克，原來你是這種人啊……」

佛格的這句話連艾倫都聽見了。她反射性看向托魯克，只見他頻頻游移視線看著羅倫，同時說出理由。

「其實羅倫閣下是我的大叔父……」

「原來是這樣嗎！」

所有人的視線在艾倫這聲驚呼之下，全集中到托魯克和羅倫身上。

「原來你是盧迪家的人啊。」

在魔物風暴之後，羅威爾就失去所有跟汀巴爾貴族的聯繫，不知道也情有可原。

「盧迪家？」

艾倫道出疑惑，羅威爾於是告訴她：

「凡克萊福特雖是汀巴爾的軍事領地，卻僅止於檯面上。盧迪家則是主要管理檯面下的家族。」

「……檯面下……」

艾倫接著詢問那是不是從事祕密工作的家族，羅威爾也摸了摸她的頭，給予肯定的答案。

「這個家族本來是一個在在檯面下做事的人建立的，那個男人的暱稱就叫盧迪。那個家族的人會隱瞞出身，過繼到別人家當養子，然後代代服侍王室。羅倫以前就服侍過上一任國王喔。」

「咦————！」

艾倫和拉菲莉亞一陣驚愕。從凱並未嚇到來看，他早已知情。

「大叔父崇拜在戰場上戰鬥的巴爾沃爾大人，所以脫離盧迪家。之後我的祖父繼承當家之位，代代侍奉王室。」

「呵呵呵，真是令人懷念的話題啊。」

羅倫一邊把茶拿給所有人，一邊笑著說。羅倫原本就認識托魯克，見他不分場合，熱切地看著自己，才會帶著斥責瞪他吧。不過以結果來說，卻是個好現象。

「在我們的家族裡，大叔父是個傳說人物。」

托魯克以閃閃發亮的眼神看著羅倫，但他平常其實是個沉默寡言的冷酷男子。連總是一起行動的賈迪爾他們都對這樣的他感到訝異。

「看來爺爺是你崇拜的人。」

「是啊，那當然！」

托魯克開心地肯定艾倫的話語。

「那我還真是不敢當。」

羅倫優雅地做出標準的貴族鞠躬禮，讓托魯克看得神魂顛倒。

「對了，奶奶以前說過，她跟羅倫一起爭巴爾爺爺，原來是因為爺爺你自己跑來巴爾爺爺底下啊。」

除了羅倫，所有人都被艾倫這番話嚇到，紛紛看著她。

「等……等等，艾倫……這話叔叔還是第一次聽到。」

索沃爾一陣慌亂，想知道所謂的爭奪是怎麼回事。羅威爾則是看著斜上方，皺著眉翻找記憶。隨後歪著頭，懷疑真有這種事嗎？

「奶奶說過，她對巴爾爺爺一見鍾情，才會主動上門。結果爺爺卻從旁邊殺出來，讓奶奶很嫉妒。」

「當時的伊莎貝拉夫人實在是喔……」

羅倫笑著含糊其詞，艾倫也同意他這番說詞。

「爺爺你當時樂在其中吧！」

「呵呵呵！」

看來是說對了。索沃爾他們的頭頂豎立著一個大問號，艾倫於是笑著告訴他們：

「『羅倫那個人很壞心眼喔～～他會私底下笑我。我想說不能輸給他，要先穩住周遭的關係，才會帶著料理，不請自去各種地方！』」

艾倫將依莎貝拉說過的話原原本本說出來，羅威爾和索沃爾這才恍然大悟說道：「原來是那個！」

凡克萊福特的礦工們之所以對伊莎貝拉那麼有好感，原因就在這裡吧。

自從被譽為前任國王心腹的羅倫來到巴爾沃爾身邊後，巴爾沃爾就經常提及羅倫。為了讓丈夫把心放在自己身上，伊莎貝拉才會那般奮鬥。

聽說巴爾沃爾一開始也不知該怎麼對待羅倫，充滿了顧慮。

艾倫心想，看來她的祖父是個來者不拒、非常大方的人。

「這是老爺出生前的事了。我扮黑臉，一直攪弄老當家和老夫人的感情。多虧如此，老爺您才會出生……」

「別在孩子面前說這種話——！」

索沃爾漲紅了臉，慌慌張張地大叫。羅倫卻放聲大笑。

賈迪爾見狀也跟著笑了。

「凡克萊福特真是開心。」

「殿下……您下了一個很好的結論呢。」

勒貝如此誇讚，賈迪爾卻歪著頭說：「會嗎？」

正好這個時候，凡從精靈界回到這裡，羅威爾於是恢復認真的表情。

「凡，怎麼樣？」

「吾徵得同意了，不過女王不是很開心。」

「……嗯？」

「媽媽嗎？」

「她說：『我也想去啦～～！』」

凡以毫無抑揚頓挫的語氣模仿奧莉珍。明白奧莉珍本性的人全都噴笑。

「那我必須去安慰我的女王陛下了。」

「我們要在精靈界受害之前回去！殿下，感謝您撥冗前來協商。」

艾倫行了淑女禮並道謝，賈迪爾也點了點頭。

「……哪裡，這段時間很有意義。」

聽完賈迪爾的回答，艾倫嫣然一笑。

艾倫揮著手道別，賈迪爾也舉起單手回應。

賈迪爾原本始終看著艾倫消失的地方，不過在索沃爾的呼喚下，他終於轉頭。

「殿下，時間已經不早了，請您休息吧。我也會請傭人帶護衛們前往房間。」

「好，謝謝你。」

「我們之後再安排行程吧。羅倫，麻煩你了。」

「好的。」

在羅倫帶路前往房間的途中，賈迪爾總覺得心中有股輕盈的情緒。

賈迪爾過去從未真正見過艾倫的笑臉。剛才那張對著自己的笑臉，就跟羅威爾以前炫耀的一模一樣。

只要凝視那雙有著耀眼而且色彩神奇的眼眸，心中就會充滿彷彿受到祝福般的喜悅之情。

（艾倫她沒有違背以前許下的約定……）

賈迪爾無法控制不斷泛紅的臉頰。最令他高興的是，最後看到艾倫揮手說再見的模樣，讓他覺得彼此的距離一口氣拉近了。

這時賈迪爾猛然往身旁看，就這麼與欣慰看著自己的勒貝四目相交。

「真是太好了呢。」

「閉嘴。」

雖然賈迪爾忍不住口出惡言，那張傻笑的面容怕是一時半會兒不會停止了。

第三十三話　新的精靈

賈迪爾視察後過了一週——

在前往菲爾費德的當天早上，賈迪爾等人一大早就抵達凡克萊福特的宅邸前。當他們見到索沃爾牽來拉馬車的馬匹時，不禁啞口無言。

「……這應該有點說不過去吧？」

這輛用來當私人行程的馬車，是能容納十人左右，而且有個大屋頂的載貨用馬車。

此外馬匹過於壯碩，突兀到賈迪爾都忍不住這麼呢喃。

這些馬比一般軍馬還要壯一倍，脾氣充滿野性，光是看到那銳利的眼神，就感覺到一股威壓。光是看一眼，就會知道不是普通的馬。

「這些馬看起來不好駕馭，要讓牠們拉馬車嗎……？」

佛格以顫抖的聲音提問，索沃爾卻偷偷撇了一眼羅威爾。感覺像在說：「是大哥搞出來的。」

「一定要這些馬才行。」

「這是什麼意思？」

「我們為了拉菲莉亞帶來的護衛有點……」

羅威爾搔了搔臉頰，往遠處看去。正好這個時候，艾倫和凡轉移現身。

「大家早安！」

艾倫穿著輕便的服裝，是類似女性用的騎馬裝。下半身穿著稍微露出膝蓋的褲裙配緊身褲，腳上穿著刷毛短靴，另外身上披著外出用的斗篷，和她平常的感覺很不一樣。

感覺很像隨時準備好跑來跑去了。

斗篷的領口處繡著白色的蕾絲，以及花朵刺繡，非常符合艾倫的氣質。

「早安，艾倫。妳這身打扮很好看喔。」

「嘿嘿嘿，謝謝殿下！這是奶奶替我做的！」

斗篷上的刺繡是伊莎貝拉繡的。她之前說過，要去礦山的話，還是做幾件輕便的衣服比較好，所以這是撇除洋裝，另外做的衣服之一。

艾倫似乎也很喜歡這套輕便的服裝，一直在羅威爾面前轉圈圈，要羅威爾看她。每當她轉圈，斗篷就會輕輕敞開。

當羅威爾笑著撫摸艾倫的頭，直說可愛時，拉菲莉亞和凱來了。

「大家早——！」

艾倫興沖沖地往他們身邊衝去。

拉菲莉亞和凱穿的是便於行動的騎馬裝。拉菲莉亞的上衣和艾倫的有點相似，是故意配合成套吧。拉菲莉亞的衣服上也同樣有花朵的刺繡。

未來幾天要用的行李已經搬運完畢，就只剩出發了。賈迪爾卻表示現場不見應該增加的護衛。

「噢，殿下，我來介紹。」

羅威爾說完這句話的瞬間，上空突然傳來一股懾人的威壓。全身彷彿受到重力拉扯，幾乎讓人跪地。

「嗨～～我是奧絲圖。請多指教啦～～」

降落在眾人眼前的女性不管是身高還是體格都非常高大。跟站在一旁的索沃爾相比，甚至能輕鬆凌駕他。此外還能從斗篷間隙看見隆起的肌肉。

賈迪爾跟護衛們都臉色發青。就連馬匹們也開始畏懼。

「她是吾的母親。」

當獸化的凡如此補充，賈迪爾瞬間展開笑顏。

「是大精靈大人的母親嗎！請妳多……」

「喂喂喂～～小弟弟你被詛咒了耶～～啊啊～～嗯？所以你是那個混帳白痴的後代嗎～～？」

面對突然釋出殺氣的奧絲圖，賈迪爾在一瞬之間無法動彈，卻又馬上換了一張表情，認真地看著她。

「沒錯，我是那個人的後代。」

見賈迪爾大方地回答，奧絲圖頓時愣在原地。接著馬上發出大笑。

「是喔？算了，不重要。反正我只要遵從女王的命令就行了。」

「女王的？那麼……」

「奧絲圖。」

羅威爾介入其中制止，奧絲圖也甩了甩手敷衍了事。

「非常抱歉，殿下。」

「……不會，無妨。這是事實。」

賈迪爾知道羅威爾的道歉只是徒具形式，不禁有些落寞地笑了。

接著索沃爾介紹車伕以及一名以見習騎士身分同行的人。

「你不是卡爾嗎！」

看來是拉菲莉亞認識的人。索沃爾一聽到她的叫聲，便詢問：「妳認識嗎？」

「……我是見習騎士，卡爾。請各位多多指教。」

卡爾嘴上這麼說，卻立刻怒瞪拉菲莉亞。兩人之間頓時迸出火花。

卡爾是拉菲莉亞還在學院就讀時，當面抗議拉菲莉亞的行動的男孩。

他有著一頭深褐色的短髮，以及被曬黑的肌膚。臉上可以看見淡淡的雀斑，是個氣質很像一頭幼鹿的耿直少年。

年齡雖然才十四歲，卻有著不輸大人尺寸的手腳。感覺很快就會長高。

卡爾高拉菲莉亞一個年級，他因為騎士科的課程，在凡克萊福特領與訓練中的拉菲莉亞重逢。

如今每當兩人見面，必定會發展成無謂的爭執。但只要成為拉菲莉亞的練習對象，卻總會被撂倒。

拉菲莉亞的戰鬥技術不只學院生，在騎士中也趨於頂尖的程度。如今能一對一和她較量的人，頂多也只有索沃爾了。

因此基本上，拉菲莉亞的訓練都是一個人對付好幾個人。

其中只有卡爾一個人會跟她單挑，但每次都落得被撂倒的下場。旁人對他不死心，持續挑戰拉菲莉亞的模樣，只覺得有勇無謀……不對，應該是很佩服他的膽量。

加上卡爾的老家是牧場，因此他很習慣應付馬匹，甚至有人說他聽得懂動物的語言，也就輾轉傳進索沃爾耳裡。

「這些馬脾氣很倔，但不知道為什麼，很喜歡卡爾。」

「其實我懂動物的心情！」

能被索沃爾這位騎士團長記下名字，讓卡爾備感光榮。

然而他跟騎士團長的女兒卻是水火不容，在場每個人都懷疑這樣的組合是否會出問題。

這時艾倫發現了在卡爾身旁的某樣東西。

「有個小傢伙呢。」

艾倫靠近卡爾，伸出食指，隨後有個發光的東西停在艾倫的指尖上。

原本以為是蝴蝶，那東西卻像蠶蛾那樣，有著蓬鬆的毛。那東西睜著又黑又圓的眼睛，就這麼盯著艾倫。

「是小小的精靈啊。難道你喜歡卡爾先生嗎？」

艾倫提問後，那個精靈便點了點頭。

「卡爾先生，能請你陪著這孩子嗎？」

說完，艾倫把有精靈停留的手指挪到卡爾眼前。卡爾頓時做出怪異的舉動，大概是不知道發生了什麼事。

「啊……咦？那個……只要是動物，我都喜歡，可是……咦？這傢伙是蟲？咦？」

「你覺得這孩子可愛嗎？」

「啊，嗯……我覺得……可愛。」

「你仔細聽這孩子的聲音。聽他說說自己的名字。」

「名字……？」

卡爾與停在艾倫手指上的小精靈四目相交。小精靈水嫩的雙眼望著卡爾，那可愛的模樣讓卡爾忘了要聽他的聲音，反而想摸摸他的頭。

當卡爾輕輕伸出食指撫摸小精靈的頭的瞬間，他的腦海裡浮現一道聲音。

『雷希恩。』

「……雷希恩？」

卡爾輕聲復述自己聽到的聲音。下一秒，一道暖風輕輕吹拂他們兩人，彷彿祝福卡爾和雷希恩的邂逅。

「……咦？」

卡爾一臉疑惑，艾倫卻笑著告訴他：

「恭喜你成功締結契約了！你們要好好相處喔。」

雷希恩開心地繞著卡爾轉，同時飄散出閃閃發亮的粉狀物，就像鱗粉一樣。

「他有注意到你真是太好了，雷希恩。」

艾倫道出祝福，卡爾卻直到現在還是難以置信，無法進入狀況。

「明白動物的心情是卡爾先生跟雷希恩的力量嗎？」

艾倫歪著頭，同時實驗性地詢問他，知不知道被找來拉馬車的馬的心情。

「啊，呃——這個…………」

卡爾集中精神，雷希恩隨即張開翅膀，完成卡爾的心願。

雷希恩飛到馬的正上方，對著馬撒下金粉。在聽到馬的聲音之後，再利用空氣振動進行口譯。

「…………會怕？」

結果得知馬非常害怕一旁的奧絲圖。

事前受到羅威爾叮囑不准靠近馬匹的奧絲圖聽了，開始嘔氣。

「受不了，真是一群沒骨氣的馬！看我等一下幫你們重操一遍。」

「還不住手。」

羅威爾嘆著氣說完，奧絲圖便消失了。

「在出發前，誕生了一位新的精靈魔法師嗎？代表是個好兆頭吧？」

聽羅威爾這麼說，艾倫也很開心。

不過平常與精靈毫無瓜葛的賈迪爾等人以及卡爾這個當事人，花了好一段時間才進入狀況，結果稍微拖到出發時間了

＊

艾倫等人坐上馬車，往菲爾費德出發。

雖說冬天天氣寒冷，今天卻是大晴天，而且空氣清新，是個非常舒服的早晨。在羅威爾設下結界的結果，冷空氣吹不進馬車中，非常舒適。

此外伊莎貝拉為了讓馬車坐得舒服，經過了多次改良，裡頭放著數量多到令人懷疑的軟墊。

雖然腳下軟綿綿的，讓人感到不安穩，艾倫和拉菲莉亞卻互相叫著：「軟綿綿！」看起來很開心。

馬車兩旁排著一列類似椅子的長形木箱，可以坐在上頭。之前因為艾倫無心的一句話，連木箱的蓋子上都縫上軟墊進行改良。

木箱中放著野營用的器具和食材，衣服則是分箱裝。賈迪爾見到這麼極致的空間利用方式，興致勃勃地四處研究馬車。

最近，凡克萊福特領開始一種利用馬匹，做出類似巴士那樣的共乘馬車系統。這輛馬車就是其改良版。

「自從母親知道艾倫喜歡毛茸茸的東西之後，就把手伸向各種東西了。」

「我跟奶奶提了很多建議。結果等到我回過神來，就變成這樣了！」

「原來妳也參了一腳嗎……」

大家一邊聊著，一邊各自坐下。他們只帶了第一天要用的食材。因為大多食物都能沿路採購，他們的行李並不多。

當凱將賈迪爾他們的行李裝箱後，賈迪爾和護衛們都好奇地盯著他的手瞧。

凱將鑰匙交給他們，要他們替王室的行李上鎖。賈迪爾握緊鑰匙，滿心敬佩。

「凡克萊福特真是耐人尋味。」

勒貝等人聽出賈迪爾的聲調充滿雀躍，不禁苦笑。

馬車從裡到外分別坐著艾倫、拉菲莉亞、羅威爾、卡爾，接著是極力與艾倫保持距離的賈迪爾，勒貝則是坐在車門口。

卡爾原本是打算坐在車伕旁，但為了在路上學習精靈魔法師的基礎知識，他改成中午前坐在馬車內待機。

托魯克和凱身為護衛，騎馬夾在馬車的前方和後方，佛格則是安排在車伕旁。

奧絲圖消弭了身形待機。凡隱藏身形，睡在馬車屋頂。為了幫助馬，還操縱風，形成順風。

在中午中途休息前，他們預計一直往前。在這段期間內，羅威爾會教卡爾關於精靈魔法師最低限度的基礎知識。

「雖說是基礎，其實都是在跟精靈互動之間慢慢學會的，根本沒有什麼基礎。」

「互動……嗎？」

卡爾聽不太懂羅威爾所說的話。畢竟他才剛跟雷希恩心靈相通，也難怪。

「跟精靈締結契約最重要的事，其實是發現精靈的存在。」

要不是艾倫發現雷希恩並告訴卡爾，卡爾或許永遠無法跟雷希恩交談。

「艾倫小姐，非常謝謝您！」

卡爾對著艾倫用力低頭致謝。

「是雷希恩希望你發現他啦。幸好你有聽見他的聲音。」

雷希恩頻頻點頭贊同艾倫。卡爾的表情卻瞬間扭曲。

「雷希恩……原來你一直都在跟我說話。對不起，我都沒發現到。」

卡爾摸了摸雷希恩的頭，雷希恩也瞇起眼睛，陶醉地靠著卡爾。他開心地將觸角纏在卡爾的手指上，要他再多摸一點。

「嗚嗚……」

卡爾抓著衣袖擦拭湧出的淚水。

「我……我……真的是嗎？真的是精靈魔法師嗎？」

「沒錯，你是。這點毋庸置疑。恭喜你了。」

此話一出，卡爾有好一陣子哭不停。

能成為精靈魔法師的人，只有一小部分。在汀巴爾國中，可說是一口氣平步青雲。

「就我初步觀察，他應該是能和動物溝通的能力。」

羅威爾盯著卡爾瞧。卡爾一邊啜泣，一邊抬起頭來，在看到羅威爾的視線後，肩膀瑟縮了一下。

「啊……我……不好意思。我突然……哭出來……」

「精靈魔法師不是靠努力就能當上。你會激動很正常。」

羅威爾拍了拍卡爾的肩。羅威爾鮮少撫慰他人，因此艾倫感到非常震驚。

他說這讓他想起見到奧莉珍當時的事，大概是看卡爾這樣很懷念吧。

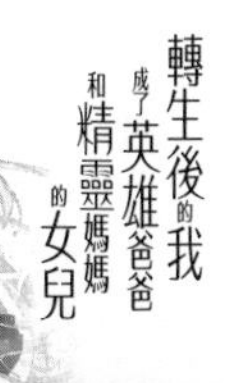

這時卡爾發現拉菲莉亞用難以言喻的表情看著他。正因為他們同是見習騎士，或許更了解精靈魔法師的強悍之處吧。

「妳……妳幹嘛啦？」

卡爾一臉不解地詢問拉菲莉亞，只見拉菲莉亞在些微的遲疑之中，還是得意地拋出高高在上的言詞：

「……你很行嘛。」

「…………呃？」

卡爾看著拉菲莉亞，眨了眨眼。最後甚至說：「妳是不是吃錯藥了？」

「你很失禮耶！我只是老老實實誇你一句啊！」

「聽到妳誇人很可怕！」

「你說什麼！」

總覺得能從他們口中聽見野獸低吟的「吼嚕嚕」聲。看來這兩個人是水火不容了。

羅威爾一邊嘆氣，一邊告誡：「殿下在場喔，別鬧了。」拉菲莉亞和卡爾這才立刻消停。

但即使不再拌嘴，雙方的視線還是因為氣不過而糾纏不清。看來他們平時每次見面都是如此。

艾倫看著他們，想起了凡和凱。

「你們感情真好！」

「哪裡好！」

拉菲莉亞和卡爾異口同聲。當艾倫笑說他們的感情果然很好，賈迪爾也忍不住笑了出來。

「呵……對、對不起……呵呵……」

賈迪爾笑得肩膀不斷抖動，雖想要努力忍下來，卻總是失敗。

最後只好躲在勒貝背後笑。

「不好意思，正好戳到殿下的笑點了。殿下一如此，就很難停止。」

成了人形盾牌的勒貝代替賈迪爾道歉。看到賈迪爾令人意外的一面，艾倫也笑了。

「啊——……不好意思，我好久沒笑成這樣了。」

賈迪爾摸著肚子，看來是笑得太過火，弄得肚子很痛吧。

「卡爾。」

「是……是的！」

「我很幸運能見證你締結契約的瞬間，謝謝你了。」

「小、小的不敢當！」

卡爾起身敬禮，賈迪爾看了，要他再放鬆一點。

「卡爾，你被叫來這裡之前，應該聽索沃爾閣下說過了。」

「是的。」

「我們這趟是私人行程。要是你用殿下稱呼我，那就難辦了。現在的我是賈迪斯。麻煩所有人都這麼叫我。」

「……賈迪斯先生？」

「艾倫，叫賈迪斯就好。重來一遍。」

「……賈唔咕！」

「沒關係，不用叫喔。」

正當艾倫努力要叫出口，羅威爾卻笑著捂住艾倫的嘴巴。

「伯父，你的心胸真的很小。」

羅威爾笑著面對說出這句話的拉菲莉亞，但他的眼睛根本沒在笑。

「賈迪斯，你還是不要忤逆伯父比較好喔。這個人實在很沉重。」

「啊，好……」

這話說得非常犀利。

羅威爾愁眉苦臉，陷入沉默，但依舊能聽見「我才沒那麼沉重」的聲音從艾倫身後傳出。

艾倫原本拚命想扳開羅威爾緊抓著自己的手，卻在見到拉菲莉亞那副隨便的態度後，止不住笑意。

「呵呵……呵呵……呵呵……」

「啊，這次換艾倫被戳到笑點了。」

拉菲莉亞說著，以難得的神情看著艾倫。

就這樣，一行人在笑鬧之中，很快就抵達午休的地點。

＊

所有人在午休地吃著伊莎貝拉準備的大量便當後，護衛們隨即交換工作。換佛格和拉菲莉亞騎馬。

午後，卡爾坐在車伕旁邊。羅威爾吩咐他，要一邊觀察馬的情況，一邊即席習慣當一個精靈魔法師。

至於其他人，則是在馬車中聊天，直到抵達下一個地點。

「我已經事先派托魯克跑一趟菲爾費德了。托魯克，麻煩你說明。」

「遵命。」

托魯克從懷中拿出好幾張紙。

「我在進入菲爾費德前，被三個怪男人叫住。他們說話很迂迴，不過主要是問我前往菲爾費德的理由、預計停留幾天，還有關於那個黑女人的傳言。」

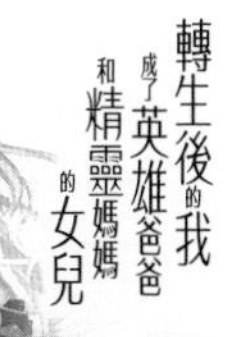

「在調查前往菲爾費德的人啊……？」

羅威爾一臉不解。以閒聊來說，他們的口氣倒像是審問。

「我在回答之際，假裝自己不知道黑女人的傳言，並反問他們。那些男人於是以黑女人為由，勸我別去菲爾費德。」

「……目的是牽制前往菲爾費德的人嗎？」

羅威爾把手放在下巴思考。托魯克繼續說：

「據說菲爾費德的領主因為這個女人的傳言，非常苦惱。而且一發生什麼事，就無理取鬧地把錯推給黑女人的人變多了。不過現在已經知道，在第一起目擊情報之後，就沒人再見過那女人了。後來的都是謠傳。」

「咦？明明只有一次目擊情報，卻傳得繪聲繪影，最後弄得勸退別人進入領地嗎？」

賈迪爾點頭回應艾倫的疑問。

「只能推斷有個人故意大肆渲染黑女人的傳言。這麼一來，受到影響的就只有城鎮評價變差的領主，還有住在那裡的人了。傑佛瑞閣下繼承領地時日尚淺，鎮上的人對他的評價也很好。我已經清查他身邊的人了，他是個不錯的好人。」

「如果不知道他被人陷害的理由……」

「是啊。不過也能說，正因為如此，才會被人盯上吧……」

托魯克還說他跟蹤過一開始遇上的那三個人，卻被甩開了。同時也把當地士兵們調查的

黑女人調查報告交給羅威爾。

光是甩掉托魯克這點，就知道對方是相當老練的能手。

羅威爾和艾倫一邊看著托魯克給的調查報告，一邊用手撫著下巴思考。兩人的動作簡直一模一樣，賈迪爾看了，不禁欣慰地笑了。

「怎麼了？」

「不，沒什麼。」

艾倫困惑地歪著頭，但當她保持自己的姿勢看著羅威爾時，這才發現他們的動作如出一轍。

艾倫在驚訝中，收起自己放在下巴的手，然後假裝若無其事，看向羅威爾的反方向。她的耳朵都紅透了。

（我的姿勢居然跟爸爸一樣——！哇啊啊！有夠丟臉！）

現在換羅威爾保持同樣的姿勢，不解地看著艾倫。但艾倫看著反方向，並未發現。

「呵呵……呵……」

賈迪爾的笑點又被戳中了。看來他的笑點很低。

「殿下，我明白您的心情，但請您專心。」

「嗚……嗯，抱歉。」

賈迪爾清了清喉嚨，回到話題上。

「事情如同調查報告上寫的，我們也徹查過目擊者的真偽，同時目擊到女人的有三個人。其中一個人說那女人一身黑。這個人是領主的管家。」

「真偽是指？」

「其實傑佛瑞閣下有提出請願書，希望我們贊助他養蜂。我原本以為他是故意製造出一件苦惱的事，好得到我們的幫助。」

會這麼想確實很正常。

「大概是太多偶然碰在一起了吧。」

「這次應該就是這樣吧。要下這種判斷實在很辛苦。」

話雖如此，卻看得出來賈迪爾很努力想看清真相。

艾倫看著賈迪爾，心想王太子也不容易，接著想起賈迪爾曾說過，他調查過這女人並不是疾病造成的。

以王室成員來說，聽到黑女人的傳言後，首先想到傳染病，而不是詛咒或災害，倒是個現實主義者。

「我之前說黑女人的真實身分是索沃爾的前妻……」

「您知道什麼了嗎？」

「其實管理養蜂場的男人就是她的堂兄。我們已經確認過，拉菲莉亞的外公外婆也在那裡了。他們離開凡克萊福特後，就來投靠他了吧。」

「這件事您有告訴拉菲莉亞嗎？」

「不，還沒說。我認為要先知會羅威爾閣下。」

「謝謝殿下。」

事已至此，黑女人的真實身分很可能就是艾莉雅。知道這點是個好消息，但艾倫卻還有疑惑。

「殿下，為什麼您會知道那些男人們是海格納的人呢？」

「啊，這是……陛下給的情報。其實我們也想驗證這條情報……」

「但抱歉，小的查不出來。」

托魯克低頭賠罪。聽到此處，艾倫不禁苦笑。

「陛下在試探你呢。」

「……嗯。」

見賈迪爾為難地這麼說，可以想見拉比西耶爾恐怕是直接把這個問題丟給他處理了吧。

「意思就是要殿下多磨練吧。」

羅威爾聳了聳肩，抱怨著：「真是討厭。」一提到拉比西耶爾，就會讓他一臉厭惡。

「假設黑女人是艾莉雅小姐，怪男人們是間諜，這件事情要說單純或許很單純吧。」

賈迪爾也同意艾倫的說法。

「沒錯，認為他們有關很正常。」

「是啊。詢問托魯克先生的男人們，或許是在堤防汀巴爾的騎士們。要是在他們尋找艾莉雅小姐的時候，有外人來，就沒辦法搜索了。」

前往菲爾費德的人們很有可能是受領主所託，才會出現在那裡的騎士。男人們拋出無傷大雅的話題，藉此確認對方是不是騎士。

「原來如此。之所以試探托魯克，是為了調查他是不是騎士嗎？」

「是的。如果是騎士，他們可以將人誘導到某處，然後當場處理掉。若是如此，應該可以認為他們行事很有系統。這麼一來，為了方便逃走，他們潛藏在各處的可能性很高。就算抓了一隊人馬，其他人也會逃走。」

「這……這樣啊……」

「必須一次同時拿下分散的敵人，或是將人引誘到一點，然後一網打盡。」

「嗯……」

艾倫如此提議後，賈迪爾一開始還嘟囔著什麼，但後來卻漸漸沮喪，一臉苦惱。

「抱……抱歉……我沒轍了。我想不出什麼對策。」

這時失落的賈迪爾道出實話。

「其實我本來想趁妳發現前，由我解決這件事的……」

「殿下……」

受到拉比西耶爾試探，賈迪爾本想盡自己所能。其實賈迪爾若想在通知艾倫前解決這件事，也不是沒辦法。

艾倫馬上就看出他是刻意不這麼做，摸索著迴避的方法。

以前，艾倫他們剛回到凡克萊福特家的時候，艾莉雅試圖成為第三者，卻被艾倫告誡。艾莉雅在與索沃爾的婚禮上，被雙女神警告。羅威爾勃然大怒，於是宣布自己不會回家。這是因為他早就料到，拉比西耶爾會處分可能削弱國家戰力的艾莉雅。

現在就跟當時一樣，倘若艾莉雅前往海格納，一定會私下接觸拉菲莉亞。

這麼一來，身為汀巴爾騎士團長的索沃爾就不會默不吭聲。汀巴爾和海格納會立刻從冷戰狀態變成戰爭。

「殿下為了迴避只要您想就做得到的事，才會四處奔走吧。」

「……艾倫，妳怎麼知……」

「只要祕密殺害艾莉雅小姐，這件事就能輕鬆結案。但殿下為了避免如此事態，才會通知我們這件事。」

「……是啊。很抱歉，都怪我能力不足——」

「殿下，您錯了。您能知會我們，我很開心。」

「艾倫……？」

「您這是努力想遵守我們的約定吧？」

「啊……呃，嗯……」

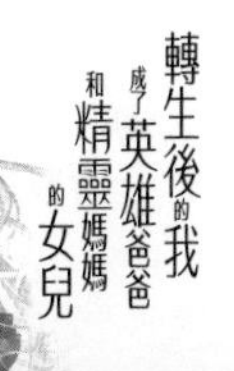

艾倫和賈迪爾以前有過約定。

『殿下，請您別再試圖硬要和我們扯上關係了……只要您做得到這一點，我就可以聽聽您的主張。』

雖說艾莉雅原本是拉菲莉亞的母親，賈迪爾還是覺得不能對她下手。

「看來陛下確實是為了磨練殿下，才將這件事交給您的。」

「是啊。」

「但要調查還是要解決，方法有很多種。」

「咦……？」

「我想陛下並沒有讓殿下知道他獨自調查的內容，只把問題丟給您，但其實您也可以跟陛下談條件，問出他擁有的情報。」

「啊……！」

「只要使用我們的力量，情報就能像拉菲莉亞被綁架時一樣，可以在短時間內收集完成。但陛下或許是希望您學習這種交涉手段。同時也希望您能察覺這點……」

因此當賈迪爾並未提出交涉換取情報，拉比西耶爾才會祭出下一步，叫他先去凡克萊福特領。

「艾倫妳看穿到這種地步啦……」

賈迪爾這下總算明白拉比西耶爾話中的意思，只能仰天嘆息。

「不過只要用一個行動獲得別人的信賴，接下來就大有可為。這個道理是殿下您教我的喔。」

「咦……？」

「而且您也證明給我看了。」

艾倫看著賈迪爾，開心地露出微笑。

「謝謝您遵守約定。因此我也會守約。」

我會聽聽您的主張——艾倫表明她會幫助賈迪爾。

「————唔！」

賈迪爾的臉一口氣漲紅。他感覺得到過往一直夢想的某件事，如今總算成真了。

他在眼前贏回了曾經失去的信賴。

「你們先給我等等。」

但羅威爾這聲彷彿緊貼著地面的低沉嗓音，讓艾倫和賈迪爾回過神。

「你們兩個什麼時候見過面？」

羅威爾的口氣中蘊藏著殺氣。艾倫和賈迪爾見狀，整張臉都刷白。

而且連凱的周遭氣氛都開始搖擺不定。

「艾倫小姐……您何時和殿下做過那種約定？」

「啊，這個……」

艾倫當時是偷偷去見賈迪爾的。這件事如果曝光，可是吃不完兜著走。

——主要是賈迪爾會受害。

「是、是祕密！」

艾倫急忙掩飾，但這句話完全是反效果。羅威爾和凱大受打擊，整張臉鐵青。

「真是太好了～殿下。」

勒貝不懷好意地笑著說，賈迪爾的臉更紅了。

「你很沒水準耶！」

賈迪爾瞪了勒貝一眼後，馬上挪回視線，卻見到羅威爾和凱滿臉堆著漆黑的感情瞪著他。

「啊～～……殿下，請您待會兒不要獨自行動喔……」

「我、我知道了……」

賈迪爾等人臉色瞬間發青。再這樣下去，根本無法進行作戰會議。艾倫也急著想把話題拉回來。

「事、事情就是這樣，我想說的是，殿下應該多依靠眼前的我們！」

「呃……嗯。」

「然後關於收集當地的情報……」

「妳有辦法嗎？」

「凡可以收集聲音，可是建築物裡面會被牆壁擋住，無法收集。所以了……」

「我知道了！卡爾嗎！」

「沒錯！而且艾莉雅小姐在養蜂場，可以去問問蜜蜂們。」

「因緣際會真是不可思議。得感謝女神賜予的緣分。」

「咦……啊，對。」

艾倫因為「女神」這兩個字，反射性瑟縮了身體。不由得做出詭異的舉動。

這個世界信仰女神，雙女神被尊崇為神，因此經常使用「感謝女神」、「感謝精靈」等詞。

「感謝女神之前，請先感謝艾倫。」

羅威爾皺著眉，不——斷盯著賈迪爾，並低聲說著。

「那當然。要不是艾倫，卡爾或許就不會成為精靈魔法師。現在以艾倫為首，在場所有人都是我要感謝的對象。」

「是的。」

當艾倫回應賈迪爾的慰勞，勒貝和托魯克也低頭答：「臣不敢當。」

之後，眾人擬定好詳細行程，決定一進入菲爾費德就執行計畫。

「我可沒被妳四兩撥千斤撥走喔。晚一點我們稍微聊聊吧，艾倫。」

見羅威爾那張笑咪咪的表情，艾倫的嘴角不禁開始抽動。

＊

艾倫等人在太陽下山前抵達第一天的據點，開始準備野營。

奧絲圖和凡說要去巡視周邊，威嚇附近的野獸不要靠近。

當羅威爾在四周張設結界，艾倫才發現大家都在忙，卻只有自己兩手空空沒事做。

（有沒有什麼事能做啊……？）

艾倫四下張望，但大家動作很俐落，早就開始做事。原以為賈迪爾會是唯一和她立場相同的人，沒想到賈迪爾也會下達指示，並親自搭帳篷。

（嗚嗚……感覺不管待在哪裡都會礙事……）

這種時候到處亂晃反而會分散大家的注意力，艾倫於是決定坐在馬車邊等待。

因為實在太無聊，艾倫晃著自己的腳。拉菲莉亞發現後，開口呼喚她。

「艾倫——！妳有空嗎——？」

「有——！非常有空喔！」

有人呼喚自己，讓艾倫喜形於色，她於是跳下馬車，笑著跑到拉菲莉亞身邊，卻被拉菲莉亞笑了。

「我現在要煮飯，妳可以幫忙嗎？」

「好啊！我要做什麼？」

「我想想……洗菜會讓妳弄得滿身泥……妳會用菜刀嗎？我想把這個切成這樣。」

拉菲莉亞靈活地用小刀削開紅蘿蔔的皮，接著切塊當作示範。見她的手法如此熟練，艾倫眼睛都亮了。

「拉菲莉亞妳好厲害！」

「會……會嗎？因為我做慣了嘛。」

畢竟是餐館的孫女，外公外婆為了讓她學會烹飪，從小就一點一點地教她。

「艾倫，妳可以嗎？」

「嗯，但我應該不會用菜刀。」

「咦……？」

拉菲莉亞一陣困惑。如果不用菜刀，那要怎麼切？

只見艾倫一一將所有紅蘿蔔往空中丟，然後在空中迅速切好。因為只是單純的分解，對艾倫來說，不是什麼難事。

「咦咦！」

紅蘿蔔接著以拋物線落下，艾倫再將竹籃轉移到落點，竹籃中很快就堆滿切成塊狀的紅蘿蔔了。

艾倫在一瞬間就將要用的紅蘿蔔切好了。拉菲莉亞愣在原地，整個人瞠目結舌。

「嘿嘿嘿，這樣可以嗎？」

「呃……妳先等一下……妳做了什麼？」

「我在半空中切好嘍！」

「不是，嗯……是沒錯啦……」

拉菲莉亞有些呆滯地回話。

「接下來要做什麼？」

艾倫興奮地要求下一份工作，拉菲莉亞卻傷透了腦筋。

「呃……我現在去提洗馬鈴薯用的水，妳先等我回來好嗎？」

「需要水嗎？」

「嗯。」

「要整桶的？」

「啊，艾倫，那很重……」

艾倫打開木桶的蓋子，接著將空氣中的氧和氫結合，一口氣投入桶中。不一會兒，木桶就裝滿了水。

「接下來要洗馬鈴薯對吧！馬鈴薯！馬鈴薯！」

艾倫露出開心得不得了的表情。

「…………馬鈴薯是這些。」

拉菲莉亞似乎覺得已經無話可說，她接著將要料理的馬鈴薯拿來，艾倫看了，隨即大叫一聲：「對了！」

「怎麼了？」

「讓水浮在半空中……然後把馬鈴薯丟上去！」

「咦？等……艾倫！妳在幹嘛——！」

艾倫另外在半空中變出水塊，並一個勁地將馬鈴薯丟到飄浮的水中。

「拉菲莉亞，妳也一起丟！」

「什麼？我……我知道了。」

兩人不斷丟著馬鈴薯，這時艾倫咧嘴一笑，施了點力，讓飄浮的水開始旋轉。水不停旋轉著。這是用水流洗淨馬鈴薯的計謀。艾倫還在途中改變水流方向，並想像洗衣機的葉扇，就這麼洗著馬鈴薯。

「空中洗衣機〜〜！」

艾倫笑著這麼說，並持續使用能力。她接著仿照切紅蘿蔔那樣，將洗好的馬鈴薯切成塊狀。

最後利用轉移，將髒水全倒入河川。剩下的蔬菜也如法炮製，洗乾淨之後切開。拉菲莉亞迅速適應，開始樂在其中，將蔬菜丟進水裡。

「艾倫妳好厲害！」

男性們發現一旁傳來開朗的女孩叫聲，不禁好奇地看向艾倫她們，想知道怎麼這麼開心。

結果他們看見那兩個人正使用著沒見過的魔法。甚至有人因為那幅光景太驚人，弄掉手上的東西。

大概是因為看起來雖然開心，他們卻很清楚艾倫使用的魔法其實非常高難度。

「多虧有妳，很快就做完了！謝謝妳！接下來交給我吧！」

拉菲莉亞捲起袖子，自信滿滿地說著。

凡獵了很多鳥禽，所以有充足的肉。拉菲莉亞熟練地放血並剖開，艾倫看了非常感動。

拉菲莉亞跟艾倫一樣，才十三歲。年紀這麼小，就懂得處理禽肉的貴族千金，恐怕也只有拉菲莉亞吧。

拉菲莉亞逐一做好料多味美的燉湯和肉串，艾倫則是不斷讚嘆她很厲害。

艾倫看著肉串，開始撒嬌。

「拉菲莉亞，我想吃很多很多肉串～～」

「哎呀，我是很高興啦，但妳可以嗎？妳不是吃不了太多東西嗎？」

「沒問題！」

「爸爸跟我說過，艾倫妳說的沒問題根本大有問題。」

「咦咦咦～！叔叔好過分！」

話雖如此，自己給人添了諸多麻煩是事實，艾倫在隱隱反省著。

聊著聊著，最後工作就只剩燉煮和烤肉，男性們就在此時靠了過來。

「啊啊～～味道好香～～我肚子餓了——」

「卡爾，你應該有好好完成該做的事吧？」

「懷疑啊？我做好了～～我很努力～～！」

「是喔。」

儘管雙方不停拌嘴，依舊是臭味相投。

艾倫見狀，笑意是越來越深。

「艾倫，妳的臉垮了喔。」

回到身邊的羅威爾指摘，艾倫這才繃緊顏面神經，裝作沒事。

「爸爸你在說什麼啊？」

「唉～～妳真的很好懂耶。」

羅威爾笑著說，並用食指戳著艾倫單邊臉頰。

下一秒，當艾倫被鎖住身子，坐在羅威爾膝上時，已經失去逃跑的機會了。

「所以呢？妳是什麼時候跑到殿下那邊去的？」

輕描淡寫的語氣從頭頂傳來，艾倫頓時臉色發青。她本想轉移逃走，卻發現羅威爾設下結界，讓她無處可逃。

「呵呵呵，妳休想逃走喔～～」

（好可怕好可怕，爸爸有夠可怕！）

與其笨拙地掩飾，不如模糊地坦誠才是上策，艾倫決定老實開口。

「拉菲莉亞被綁架之後……吧。我去給他忠告……去拜託他不要硬是想跟我們扯上關係。之後就沒再見過了。」

「真是的……妳為什麼要那樣獨自行動？」

「對不起……」

艾倫感覺到頭頂的重量增加了。羅威爾緊抱著艾倫嘆氣。

「妳的女神之力才剛覺醒，身體狀況還很不穩定。所以不能過度使用能力，也絕對不能落單喔。」

「好……對不起。」

「既然妳有在反省，那就算了。」

羅威爾溫柔地摸了摸艾倫的頭。羅威爾的撫摸感覺就像用梳子梳頭那樣，非常舒服。當艾倫安心地靠著羅威爾，煮好飯的拉菲莉亞大叫：「吃飯嘍～～！」

分成等份的燉湯和烤肉串香氣撲鼻，讓人食指大動。所有人不是以果醬沾著盤中切好的麵包上吃，就是將檸檬擠在一旁的沙拉上享用，眾人熱鬧地用餐。

「好吃～～！」

卡爾吃得兩頰都鼓起來，就像松鼠一樣。勒貝等人點頭同意卡爾的話，正大快朵頤。

「那還用說嗎！」

拉菲莉亞自信滿滿地吐出這句話。

「感覺好像意外看到拉菲莉亞小姐的特技了。」

「意外是什麼意思啦！凱你真的很讓人火大！」

凱所說的話觸動了拉菲莉亞的怒氣。凱見拉菲莉亞怒氣沖沖，打從心底感到意外地說：

「我這是在誇獎您。」

「我一點也不高興！」

就算用那種表情坦承，聽的人也不覺得那是誇讚，當拉菲莉亞如此怒斥，凱卻緊皺眉頭並小聲地說：「只能怪平日素行不良啊……」

卡爾不懷好意地笑著從頭看到尾，不禁得意忘形。

「活～該，被凱學長數落了～～！」

「你們都不用吃了。」

兩人見拉菲莉亞那張滿是溫柔的笑臉，驚覺不妙，於是馬上道歉。

「小的錯了。」

儘管他們異口同聲，拉菲莉亞卻叫著：「你們根本沒誠意！」

「可愛女孩子做的料理真好吃，連心靈都能受到療癒～～」

勒貝一邊看著見習騎士們吵鬧的模樣，一邊感觸良多地說著。勒貝周遭都是男人，所以感覺得出來他這句話發自內心。

拉菲莉亞聽了，雖裝作沒聽見，臉卻是一片羞紅。

托魯克把試過毒的料理交給賈迪爾。賈迪爾一聽說是拉菲莉亞做的，也非常驚訝。

「艾倫也有幫我喔。她真的很厲害！」

「嘿嘿嘿！」

被拉菲莉亞誇獎，艾倫感到很開心。儘管女孩子們令人欣慰的模樣非常療癒，男性們卻在想起艾倫用的魔法後，臉色一陣鐵青。而艾倫她們並沒有發現這件事。

羅威爾靠近拿著烤肉串的艾倫身邊，張著嘴等待。艾倫一邊反覆猶豫該不該把烤肉串放進羅威爾嘴裡，一邊開口：

「爸爸，我覺得你把媽媽叫來比較好喔。」

「咦？」

「我想她現在一定叫著『討～厭啦！烤肉串～～！』這樣。」

「噢，經妳這麼說……」

以前奧莉珍看羅威爾和艾倫在路邊攤買了烤肉串來吃，就不斷叫著：「我也好想吃烤肉

串啦～！」

「奧莉，過來吧。」

羅威爾一呼喚，奧莉珍便開心地現身。

「呀啊啊啊！是烤肉串耶～～！」

如他們所料，奧莉珍開口第一句話就是烤肉串，他們不禁笑了。艾倫接著去跟拉菲莉亞要烤肉串，拉菲莉亞才笑說：「原來妳剛才拜託我，是為了這個啊。」

見羅威爾遞上烤肉串，要奧莉珍開口，奧莉珍感到非常開心。他們夫妻是一片和睦。

「這玩意兒很好吃嘛。」

化為人形的奧絲圖和凡不知何時現身，他們正大口享用著烤肉串。之所以化為人形，是因為以野獸的姿態吃東西，會一口氣全吃光。

儘管如此，烤肉串還是沒三兩下功夫就沒了，拉菲莉亞很是驚訝。

「拉菲莉亞！妳等一下要烤的肉串，要不要沾甜味醬汁試試看？」

剛才都是用鹽巴和檸檬調味。因此拉菲莉亞說了聲「不錯耶！」決定嘗試艾倫的點子。

他們將分裝在容器中的甜味醬汁塗在肉串上烤，結果過火的瞬間就傳出一股濃郁的香氣。

這股香氣網羅了所有人的視線。眾人以滿心期待的眼神看著拉菲莉亞。

「烤肉串搞不好會不夠……」

「已經沒肉了耶！」

艾倫說完，四周隨即充滿失落的氣息。這時候，出乎意料的人們出聲了。

「吾這就去獵！」

「包在老娘身上！」

武門派的精靈二人組立刻起身，然後消失。艾倫和拉菲莉亞愣在原地，隨後相視而笑。

「來準備追加的份吧。」

「放血是不是很花時間啊？要是能操縱重力，就會快一點了。」

「哎呀，那就把有這種能力的精靈叫來吧。」

連奧莉珍都參戰了。羅威爾則是利用轉移，去採買不夠的材料。就這樣，隨後現場展開了一場烤肉大會。

第三十四話　迷惘的心

一行人原本順利前往菲爾費德，事情卻在第二天發生。

當他們一抵達途中某個村莊的旅店，就有個男人偷偷打量他們，並上前攀談。他的特徵和托魯克說過的男人們一致。男人們看見一旁的拉菲莉亞，便以卸下戒心的表情前來攀談。凡和托魯克於是動身開始收集男人們的情報。

至於卡爾已經大致習慣如何使用能力，因此和雷希恩一起詢問鳥兒和蟲子們。

現在時間才剛過中午，天還很亮，然而羅威爾卻在旅店的房間設下結界，說不能讓男人有機會接觸艾倫和拉菲莉亞，就這麼讓兩人早一步在旅店待機，直到眾人收集完情報為止。

為了讓奧絲圖同住，拉菲莉亞的房間是雙人房。艾倫和拉菲莉亞就在那個房間等待羅威爾他們歸來，奧絲圖則是當她們兩人的護衛。

在男性們外出的期間，艾倫決定趁現在詢問一件她很在意的事。

因為艾倫發現隨著他們越靠近菲爾費德，拉菲莉亞就越來越沒有精神。

奧絲圖靠在門口那側的牆上，豎起耳朵傾聽。現在凡正以念話和風之魔法探查週遭狀況。

艾倫對著坐在床上看窗外的拉菲莉亞開口：

「拉菲莉亞，我們能談談嗎？」

「怎麼了？」

「啊——……其實我覺得妳好像越靠近菲爾費德，就越沒精神……」

「啊……嗯……對不起喔。」

拉菲莉亞低下頭。大概是想到了身在菲爾費德的艾莉雅吧。

「我明明對爸爸誇下海口了……然而一旦靠近目的地，就開始覺得不安。我還是不行啊……」

「……妳會怕嗎？」

「嗯……」

艾莉雅被定罪後，不知不覺消失無蹤。因為艾米爾的計謀，不實謠言滿天飛，讓她在凡克萊福特的城鎮中無地自容。

她們最後看見艾莉雅的老家已被嚴重搗毀。艾倫知道，拉菲莉亞看見店內那幅光景，一定連帶擔心著外公外婆的安危。

「爸爸他告訴過我，就算是已經斷絕關係的人，也常常受到敵人利用。因為這個家的每個人都是家人……媽媽大概就是因此被人盯上……」

「這樣啊……」

「爸爸他還說，跟貴族結婚就是這麼一回事。我和媽媽以前都沒有那種覺悟，就任性妄為，所以我覺得我們這是自作自受。可是當我聽說媽媽被人盯上……心還是很慌。」

「拉菲莉亞……妳這樣很正常啊。要是被盯上，任誰都會害怕。」

「可是貴族在這種時候，會劃清界線吧？因為必須優先的事物不一樣啊。既然我會覺得心慌，就代表我的覺悟不夠……」

「原來妳說要做個了斷是這個意思啊。」

「嗯。可是不知道為什麼，隨著我們接近媽媽的所在地，害怕的心情就慢慢跑出來……我發現這種心情跟覺悟有點不一樣……」

拉菲莉亞的聲音越說越微弱，那讓艾倫很不捨。

當艾倫抱著拉菲莉亞，拉菲莉亞也依偎著她，回以擁抱。

「妳很怕艾莉雅小姐說出無心的話，傷到妳吧。」

艾倫這麼一提，拉菲莉亞的眼眶隨即泛出淚水。

隨後，拉菲莉亞發出嗚咽聲。艾倫的肩膀逐漸被淚水沾濕。艾倫溫柔地搓著拉菲莉亞的背。

在那次定罪之前，拉菲莉亞一直很相信艾莉雅。

拉菲莉亞就這麼抱著艾倫，靜靜地哭泣。艾倫也默默地搓著她的背。

奧絲圖只覺得稀奇地看著艾倫她們，沒有插嘴打擾她們。

一會兒後，拉菲莉亞恢復冷靜，一邊道歉，一邊放開艾倫。

「……她乾脆說些難聽的話，這樣我會不會反而更看得開啊？」

拉菲莉亞擦拭泛紅的眼睛，這麼說道。

「應該說，妳沒想過由妳嗆幾句話嗎？」

「嗯……我一開始是想過要瘋狂抱怨啦。可是時間一久，想說的話就慢慢消失了……」

「這樣……」

這時被排除在外的奧絲圖大概是受不了現場低靡的氣氛，終於開口說話：

「妳跟妳母親感情不好嗎？」

拉菲莉亞和艾倫聞言，面面相覷。於是拉菲莉亞簡單解釋了來龍去脈。

「怎麼會有這種人……！」

奧絲圖不禁盛怒。

「像那種人，看我幫妳捏爆她！」

「哇——！慢著慢著！不行啦，奧絲圖！」

拉菲莉亞因為「捏爆」這兩個字而驚愕不已。

「妳是不是人太好啦？發點脾氣剛剛好啦。啊，不過既然那個人沒藥救到這種程度，光是發脾氣好像也沒用啦！」

「奧絲圖，妳先別說話好了。」

見艾倫生氣，奧絲圖說了一句：「公主凶我！」然後樂在其中地笑了。

「還有一點。妳媽以前只把妳當成一件東西吧？」

「……東西？」

「沒錯。她覺得妳是她的東西，所以不管她做什麼，妳都要照著她的意思走。不只是妳，她對自己的老公也一樣吧，所以才會像收藏玩物一樣，收集男人。像她那種人，一定有很多男人吧。」

「爸爸也是……」

「反過來說，也有過分依存孩子的父母。就像公主的老爸那樣。」

「啊——……」

艾倫聽了，頓時覺得靈魂好像會累到跑出來。

「至於我，硬要說的話，應該是放任不管的那種母親。雖然捉弄小不點很好玩。」

「小不點？」

「她說的是凡喔。」

「原來妳都叫他小不點啊……」

「凡常常生妳的氣喔。他都會大叫：『吾才不是小不點！』」

艾倫模仿凡大叫，卻惹來奧絲圖大笑。

「每個家都不一樣。不管別人說什麼，那都跟妳沒關係。妳怎麼想、怎麼行動才是一切。」

「我嗎……？」

「不過啊，不能鑽牛角尖到想哭的程度。不管妳有多在意對方，對方有可能根本不在意。死心也是很重要的事。」

「…………」

「唉～不過我自己說這些話，總覺得好刺耳啊！因為我也只知道戰鬥，明明有孩子，還要別人數落我不知分寸。但我還是覺得那些人很煩！我就是這樣啦。」

「奧絲圖妳是太不放在心上了。」

「公主妳也要跟他們講一樣的話嗎！」

「……呵呵！」

拉菲莉亞看著她們一來一往，不禁失笑，那讓艾倫稍微鬆了口氣。

「……妳不會在意自己的孩子嗎？」

拉菲莉亞這道問題，讓奧絲圖一臉意外。

「嗯。」

「妳說我嗎？」

「跟我比起來，我們家那口子更煩，所以我想說，我這樣算剛剛好吧？那男人可是煩得跟公主的老爸不相上下。」

「呃……」

「是真的喔。我也是之前才知道，還嚇了一跳。凡的爸爸都叫他小凡凡。還有喔，他很愛奧絲圖，很誇張喔！」

「啊啊啊公主！等……別說了！」

奧絲圖慌了手腳，滿臉通紅。能看見奧絲圖害羞的模樣，艾倫不禁露出邪笑。

「公主，妳這種個性跟羅威爾一個樣耶！」

「嘿嘿嘿。」

拉菲莉亞看著眼前令人會心一笑的互動，說了聲：「這樣啊……」釋出不再那麼堅持的情緒。

「如果妳有想說的話，就全部吐出來吧。只有妳一個人要忍耐，這很讓人火大吧。」

「咦……？」

「不過就算妳說了，像那種人也聽不懂，可能沒什麼屁用，可是說出來之後，妳會痛快一點。這對妳比較重要吧？」

奧絲圖不懷好意地笑著，拉菲莉亞則是眨了眨眼。

「還有啊，要是她又惹妳哭，我會揍扁她，所以妳別哭了。」

奧絲圖露出無所畏懼的笑容，並開始炫耀自己的肌肉。拉菲莉亞心想：要是被她結實的臂膀和拳頭打到，應該會死吧。當她這麼想的瞬間，她發現自己的心輕盈了不少。

「如果要揍，我會自己揍。別看我這樣，我好歹受過訓練，我對自己有信心。」

「哦！不錯喔，就是這種氣魄。」

就在艾倫覺得事情好像越說越可怕而心慌不已時，拉菲莉亞已是不再糾結的表情了。

「謝謝妳。」

雖然拉菲莉亞的眼角還是紅紅的，談話前蘊藏在眼底的陰霾卻已經消失。

這並不代表她的憂愁已經散去，但她知道可靠之人就在身邊。光是這樣，就讓她覺得很開心了。

艾倫再度抱住拉菲莉亞，她也開心地把自己的手繞到艾倫背上。

第三十五話　作戰

凡和托魯克回到旅店整合情報後，大致上已掌握男人們潛伏的地點。現在正在徹查在菲爾費德待機的人潛伏何處，擬定一網打盡的計畫。

現場只有車伕和卡爾不在。

「該怎麼引出潛伏在菲爾費德的人們呢？」

當所有人陷入沉思，自然而然提到了要將艾莉雅當成誘餌。

「要是發現我們的存在，那女人會躲著不出來吧？」

羅威爾不悅地表示這樣根本不用談。從他到現在還是絕口不提艾莉雅的名字來看，想必是相當討厭她。

「那我們先去傑佛瑞閣下那裡吧。無論如何，我都想跟他談談關於蜂蠟的交易。我們請傑佛瑞閣下幫忙，另外也能提出保護他的要求。」

話題不斷往前進，但艾倫卻始終沉思著。

（為什麼海格納要故意散布只被人看過一次的黑女人的八卦呢……？）

唯有這一點，艾倫怎麼都想不通。

（就算這是引誘騎士來的陷阱，根本只會往對他們不利的情勢走去啊。）

即使散佈不好的風聲，陷害菲爾費德伯爵，艾倫也不覺得有利可圖。越有不良風聲傳出，菲爾費德伯爵反而越有查清真相的必要，而出面確認。

當然也有可能是菲爾費德伯爵和海格納聯手，但他提出贊助養蜂場請求的地方卻是汀巴爾。如果他和海格納勾結，應該會拜託海格納才對。

（或者是故意引誘騎士過去，好逼出艾莉雅小姐……？）

既然刻意盯上艾莉雅，代表他已經事先詳細調查過凡克萊福特家。

（……等等，會不會真的是盯上騎士？）

「……事情就是這樣……艾倫，妳有在聽嗎？」

「事情說不定不太妙……」

「什麼？怎麼了？」

「在剛才那座城鎮上，那些男人們有看見我們的臉嗎？」

「我想應該沒看見艾倫小姐您的臉。他們是說過有個小孩……對了，拉菲莉亞小姐有跟他們對到眼吧？」

「啊，對。因為他們衝著我笑。」

佛格和拉菲莉亞回想著這件事說道。艾倫聽了卻臉色發青。

「不對……他們的目的不是艾莉雅小姐。」

「妳想到什麼了，艾倫？」

「是拉菲莉亞，爸爸。」

「什麼？」

「海格納的人們打從一開始就是為了拉菲莉亞而來。」

「呃……我……？」

艾倫說出的話讓拉菲莉亞的聲音發出顫抖。羅威爾吐出一口氣後，詢問箇中理由。

「艾倫，根據是什麼？」

當他們聽到傳言後，原以為他們是為了綁架艾莉雅而行動，但艾倫說出自己心中有股異樣感。

「妳這麼說是沒錯……」

「對海格納的人來說，艾莉雅小姐實在太無足輕重了。要下手就要挑凡克萊福特家的人。所以艾莉雅小姐一開始就被人當成誘餌，為了把能激怒叔叔和我們的對象引過來。」

「怎麼會！」

「不只艾莉雅小姐一個人。對拉菲莉亞來說，她的外公外婆也有可能變成人質。為了把騎士從王都叫來、把凡克萊福特的人叫來，就要讓人覺得這座城鎮已經無計可施。既然如此，弄出一個費解又讓人不安的傳言，一定最有效果。因此艾莉雅小姐才會基於和凡克萊福特的關係最親近，被選為實行這個手段的目標。」

「那麼她已經……？」

「對，艾莉雅小姐很可能已經被抓了。」

艾倫說完，所有人都屏息以對。如果艾倫說的是事實，那事態已經刻不容緩。

「那他們為什麼不主動跟我們接觸？他們手上不是有交涉材料了嗎？」

「你們剛才說我們的臉被看見了。假設髮色醒目的爸爸已經被他們看見，那一切就說得通了。艾莉雅小姐是爸爸說什麼都討厭的對象，他們大概是覺得，就算拿她來交涉，爸爸也不會理會。如果要交涉，他們會希望跟愛著拉菲莉亞的叔叔交涉。」

「嗯……那女人的確不夠格拿來對付我。」

羅威爾思索著，這時他突然發現一件事。

「對了，殿下您說過，來找我之前，陛下手上已經有海格納的情報了。那您為什麼不先把那女人解決掉，再來告訴我們呢？」

艾莉雅觸怒了雙女神，甚至無法進入雙女神信仰堅定的教堂。

如果世人知曉這件事，她很有可能會因為觸怒神明，而遭處刑。

只要在索沃爾和羅威爾知道這件事之前，把艾莉雅解決掉，就能避免事情變得這麼麻煩了。

在賈迪爾回答羅威爾這道疑問之前，拉菲莉亞首先插嘴：

「解決……是什麼意思？」

「拉菲莉亞，妳聽我說……」

艾倫都刻意不告訴拉菲莉亞了，現在卻被羅威爾爆出來了。

「最快的辦法是，揭穿黑女人的真面目，在被海格納奪走之前，祕密把人解決掉。」

「怎麼會……」

拉菲莉亞訝異地睜大眼睛。賈迪爾看著她，輕描淡寫開口：

「為了迴避戰爭，我們不會在乎少量的犧牲。這就是我們的選擇。」

「是你們要優先的事……」

「沒錯。」

「…………」

賈迪爾露出他已做好心理準備接納一切後果的眼神。那眼神訴說著，這就是他身為王族的責任與義務，與拉菲莉亞的覺悟有如天壤之別。

見拉菲莉亞沉默面對這般殘酷的現實，艾倫再也無法忍著不說了。

「拉菲莉亞，妳聽我說。殿下為了避免行使那種手段，才會把黑女人的傳言告訴我們。」

「咦……？」

「我以前跟殿下約好了，要他不要硬是想跟我的家人扯上關係。只要他答應，我就會聽他說話。殿下為了救我們的家人，才會把事實原原本本地告訴我們。」

「…………」

「他為了幫助艾莉雅小姐，已經坦誠相告了呀。拉菲莉亞，妳仔細看。我們都是為了幫助艾莉雅小姐……為了幫助妳的家人，現在才會在這裡喔。」

拉菲莉亞因為艾倫這一席話，才回過神來環伺周遭。每個人都看著她，以賈迪爾為首，所有人都靜靜地點頭。

「幫我……嗯。謝謝你，賈迪爾……殿下。」

「……不客氣。」

儘管拉菲莉亞一時心生動搖，還是在看了所有人的面孔後，冷靜下來了。她接著道歉：

「對不起，打斷大家談話。」

艾倫還不忘瞪了一眼羅威爾。羅威爾則是事不關己地說：「我只是說了正常的手段啊。」

「我是這麼想的。這麼做確實很快就能解決問題……但連一個人民都救不了，根本沒資格說那種話。」

「殿下……」

勒貝等人感動不已。過去默默守護的溫柔弟弟，現在卻是一臉成熟的表情。能就近看見賈迪爾的成長，他們都非常開心。

「我知道我這樣有多天真。可是我不想放棄，我想掙扎到最後一刻。希望大家都能助我一臂之力。」

護衛們低頭說：「那當然。」艾倫也點了點頭。

因為賈迪爾的一句話，氣氛和剛才截然不同，突然充滿幹勁。緊張感一口氣提升了。

賈迪爾接著請艾倫繼續說。

「男人的目的是凡克萊福特——這麼說是沒錯，不過我想，最主要應該是汀巴爾的騎士。」

之所以不直接衝著凡克萊福特領，是因為領地本身已經化為一座堅固的要塞。

而且治療院遠近馳名。就算成功襲擊索沃爾，也會被救活。

將敵人引誘至窄巷，趁他無法隨心所欲行動時，慢慢地、確實地擊潰他。對方肯定是想利用這種手段。

「只要前去調查的騎士接二連三失蹤，事情就會逐漸往上報，這麼一來，他們想要的目標也就越會出馬。」

「嗯。」

「對凡克萊福特家來說，黑女人的真面目不難想像。為了確認是否為本人……叔叔就不得不派出自己人。看是他自己，或是拉菲莉亞。」

話說到這個地步，賈迪爾等人吐出沉重的一口氣。

「海格納這麼想引發戰爭嗎……」

鄰國海格納和汀巴爾原本是一個國家。後來汀巴爾的祖先與他們分道揚鑣。在女神信仰堅定的這個世界中，海格納擁有獨特的精靈信仰。正因為祖先斷絕了關係，兩國之間的關係非常惡劣。

當他們知道汀巴爾的王族被精靈詛咒，海格納根本無法忍受別人說他們同源同宗。其實當時在檯面下差點爆發戰爭。之所以沒有公開，完全是因為羅威爾的存在。

儘管汀巴爾王室被精靈詛咒，還是有個跟大精靈締結契約的羅威爾存在。因此成了一股遏阻。

所以拉比西耶爾才會如此重視羅威爾，重視凡克萊福特家。

但反過來說，只要擊潰羅威爾，情勢就能一口氣逆轉。竟想對成了凡克萊福特的弱點的女人和孩子下手，賈迪爾對這種卑劣的企圖感到憤慨。

「怎能如此卑劣……絕對不能讓他們得逞。」

賈迪爾握緊拳頭，所有人也點頭同意。

「要誘餌的話，我來當。」

「拉菲莉亞！」

艾倫本想上前，站在拉菲莉亞面前，卻被羅威爾抱緊制止，留在原地。她的肩膀被羅威爾壓住，無法動彈。

「不行……不行啦！太危險了！」

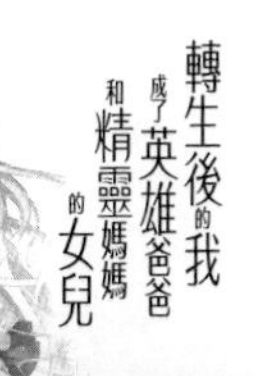

「謝謝妳，艾倫。可是我好歹也是見習騎士。事到如今，已經不能再害怕這種小事了。」

「拉菲莉亞……那我跟妳一起當誘餌！」

只要用轉移，就能馬上逃走——儘管艾倫這麼說，所有人還是馬上反對。

「艾倫妳太搶眼了。像妳這種小孩子落單，才更不自然吧？」

「嗚嗚嗚……可是！」

艾倫無法反駁拉菲莉亞點出的問題。更要緊的是，羅威爾不會默不吭聲。

而且一旦把艾倫當成誘餌，那些男人們反而會提高戒心。

「既然對方盯上我了，代表不光是媽媽，爸爸也被盯上了吧。我絕對不會讓他們得逞。」

拉菲莉亞釋出一股殺氣。在場每個人都驚訝不已。因為拉菲莉亞笑著下定了決心。

「……果然是凡克萊福特家的人啊。」

賈迪爾一陣苦笑，還危言聳聽地說，他有預感拉菲莉亞即將出現別名。

「艾倫，妳就相信拉菲莉亞吧。」

「殿下……」

「謝謝你啦，賈迪斯。」

「……我知道了。要是有危險，我一定會馬上去救妳！妳絕對不能勉強喔！」

「嗯，包在我身上！」

「那麼等我們一到菲爾費德，就馬上前往領主那邊。這段期間，我想請卡爾他們收集情報。羅威爾閣下，能麻煩你進行這方面的指揮嗎？」

「好啊。」

「殿下，要是他們以人質威脅我們，該如何是好？」

佛格說完這句話，羅威爾嘟囔著：「真沒辦法。」

「到時候我會張設結界。你們愛怎麼鬧就怎麼鬧吧。」

見羅威爾表示這不是大問題，並馬上提出解決之策，賈迪爾非常開心。

「我沒想到能借用凡克萊福特家的力量，居然會讓人這麼信心十足。謝謝你們。那麼各位，一切都拜託你們了。」

「是！」

所有人都點頭回應賈迪爾的話語。

第三十六話　菲爾費德領

菲爾費德是個小城鎮，很適合閑靜這個形容詞。擺在路邊攤上的是鮮豔的果實。與蜂蜜一起燉煮出來的瓶裝果醬尤其引人注目。

艾倫暗忖著，等一切結束，她要買回去當土產。

也有很多店在賣炭。城鎮被森林包圍，所以有很多這種店。

艾倫一行人乘坐的馬車大又稀奇，引來許多人注目。

「我自以為準備了一輛不會引人側目的馬車，但在這裡還是太引人注目了。我們快點開始行動吧。」

所有人都點頭贊同羅威爾的話。這次實在是因為凡克萊福特太過先進，結果適得其反。在偏鄉，連大台的馬車都很少見，這是理所當然的事。

「把馬車寄放在旅店後，就去找領主吧。那麼羅威爾閣下，接下來就麻煩你了。」

「我知道了。」

羅威爾點頭回應賈迪爾。賈迪爾和羅威爾就這麼兵分兩路，由賈迪爾和他的護衛們先去找菲爾費德伯爵。

「凡、卡爾，你們準備好了嗎？」

「遵命。」

「了解！」

凡和卡爾按照原定計畫，與精靈通力合作，收集情報。為了集中精神，他們必須移動到他處。羅威爾目送他們後，轉頭重新面對凱和拉菲莉亞。

「拉菲莉亞和奧絲圖一起行動吧。對了，奧絲圖要消弭身形。因為妳的模樣實在太顯眼了。」

「真是沒辦法。」

奧絲圖說著，消弭了自己的身形。

「艾倫，妳能用念話，把凡他們收集到的情報告訴我嗎？」

「可以。」

「凱則是艾倫的護衛。你明白吧？」

「當然。」

面對羅威爾要他說什麼都不准把視線從艾倫身上挪開的無形壓力，凱點了點頭。

「在殿下把菲爾費德伯爵帶來之前，處理好這件事吧。拉菲莉亞，妳準備好了嗎？」

「包在我身上。」

快點了結這件事，回家吧——羅威爾這麼說道。

＊

拉菲莉亞騎著馬，一個人前往養蜂場。

沒多久，眼前突然有某樣東西經過。拉菲莉亞的動態視力看見了那東西，馬上拉緊韁繩。馬隨即在驚嚇中嘶吼。

有兩個男人出現在停止的馬匹面前。他們剛才大概是躲在茂密的林蔭間吧。大白天就把臉遮住的男人非常引人注目，不過如果身在昏暗的森林中，就會少掉一半的突兀。

養蜂場位於鎮郊，對他們來說，實在是幫了大忙。

「……你們是誰？」

拉菲莉亞完全不顯一絲畏怯。用布遮住口鼻的男人以含糊的嗓音問道：「妳是拉菲莉亞．凡克萊福特吧？」

「是又怎樣？」

「我要妳跟我們一起走。」

「我要是拒絕呢？」

「妳母親就會沒命。」

「……可以啊。」

拉菲莉亞跳下馬，男人立刻就將她的手綁在背後。另一個人則是接管馬的韁繩。

「其他人去哪裡了？」

「他們說有事要找領主，所以過去了。我是因為認識的人就住這附近，才拜託他們讓我個別行動，現在正要去打個招呼。」

「他們准妳單獨行動嗎？」

「對啊。因為我的母親惹人厭，這也沒辦法。」

「…………算了，走吧。」

男人們互相使了個眼神，迅速帶走了拉菲莉亞和馬匹。

他們穿過森林，來到建在空地上的房屋，只見有個應該是看守的男人在那裡。

他們壓著拉菲莉亞的肩，要她進入屋中。屋內一片漆黑，雖說是冬天，氣溫卻冷得異常。

外面一個人，裡面兩個人。拉菲莉亞快速確認屋內的狀況。接著她看見昏暗的屋內角落，有四個發抖的人靠在一起。

「真是感動的重逢啊。」

男人笑了。其中一個人聞言抬起頭，在看見拉菲莉亞的身影後，大吃一驚。

「妳……妳是拉菲莉亞嗎……？」

這道茫然的嗓音是她的外婆。接著一名靠牆坐著，手腳修長、體格良好的男人也慢慢抬

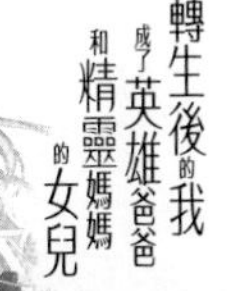

頭，當他看見拉菲莉亞，不禁叫道：

「妳怎麼會在這裡……！快點逃……！」

是外公的聲音。他大概是想策動身體，卻發出了呻吟聲。外公咬緊牙關忍痛，他那張臉已經因為毆打而變色，到處都腫了起來。

「……………」

旁邊還有一個人，一道護著倒臥在地上不動的人的黑影。那黑影原本不發一語，卻在看見拉菲莉亞後，聲淚俱下地說：

「怎麼會……連拉菲莉亞都……」

這道被絕望擊垮的聲音，是艾莉雅。從體格來看，倒在艾莉雅旁邊的人是個男人，但他一動也不動。

現狀無法判斷他是被男人們毒打，還是已經死了。這個人會是艾莉雅的堂兄崔斯坦嗎？

「然後呢？」

拉菲莉亞一派輕鬆地再次看向男人們。從他們釋出的氛圍可以知道，他們對拉菲莉亞的態度感到不解。

「親人被打成這樣，妳都沒感覺嗎？」

「因為這些人等於已經拋棄我了嘛。他們是只顧著自己默默逃走的人喔，我這樣很正常吧？」

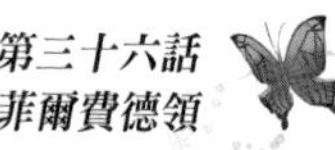

聽見拉菲莉亞這番話，外婆大受打擊，哭了出來。在這靜謐的室內，只有啜泣聲不斷地迴響。

「哈，那妳為什麼還要來這裡？」

「我是來給他們忠告的。王室要跟這裡的領主談生意，結果知道這些人也在這裡。所以他們才會帶我來，要我警告他們別亂來。實在有夠煩。」

「…………」

男人們本想確認拉菲莉亞所說是否屬實，但似乎符合事前調查的情報，他們也就只說句「算了」，不再深究。

「反正我們想找的人是妳。」

「啊？找我幹嘛？」

「只要妳在我們手上，索沃爾．凡克萊福特就會出馬吧？」

男人不懷好意地笑著說，拉菲莉亞聽了卻失笑。

「有什麼好笑的？」

「很好笑啊。兩個人就想對付我？是在開玩笑嗎？還有，爸爸他不會出馬。」

「什麼……？」

「看來我是被看扁了。別看我這樣，我的前景可是很被看好的。」

現場發出某種東西斷裂的聲音。只見拉菲莉亞原本被綁住的手，不知何時已經恢復自由。接著，拉菲莉亞的身影在昏暗的屋子內消失，男人們慌張地四處張望。

有一股用鞋底由下往上擊中下顎的衝擊。男人的身體因為衝擊力道，瞬間沒了力，直接倒地。

見同伴突然倒下，另一個男人慌慌張張地進入戰鬥狀態。

「太慢了。」

拉菲莉亞笑著橫掃男人的腳。男人急忙用手穩住身子，但拉菲莉亞早已料到，她利用掃腿的力道，直接跳起來，施展迴旋踢。

「唔……」

男人匆忙出拳，但拉菲莉亞靈活地化解，接著固定男人的手臂關節穿過他，再從下方踢他的下顎。

「唔啊！」

艾莉雅等人見情勢一面倒，都看傻了眼。接著現場傳來一道原本不在場的人的聲音。

「妳可別做太過火，殺了他們喔。」

「放心吧，伯父。我已經非──常手下留情了。」

艾莉雅對男人的聲音有印象，於是迅速面向傳出聲音的方向。但當她與擁有一頭亮眼銀髮的男人四目相交，發出一道尖銳的哀號。

羅威爾倒還是老樣子，以冰冷的眼神看著艾莉雅，但馬上就沒了興趣，改而面對拉菲莉

亞。

「嗯，其他人好像也都被抓了。那我先去外面等妳。」

「好～」

羅威爾接收到艾倫的念話聯絡，於是用轉移離開屋內。此時屋外已經倒著艾倫和凡一起用地毯式搜索找到並拘束的男人們。

掌管植物的弗蘭和奧布絲剛才都還不在場，現在卻被叫來拘束男人們。他們兩人都不滿艾倫任意使喚精靈的方式。但在艾倫拿出糖果的瞬間，馬上就不生氣了。

「還真多啊。這些就是全部了？」

「嗯——該怎麼確定這一點呢……」

就算要審問，現在卻是以藤蔓綁著他們的嘴，以防他們自盡。當艾倫想著有沒有什麼好辦法，突然想到一個意外的人物，而發出「啊」的一聲。

「艾倫？」

「有人很適合這個工作。我這就去拜託她！」

艾倫說完，便轉移到凡克萊福特的治療院。在治療院入口的人，一見到艾倫突然現身，全都一陣驚愕。

「楚，妳在嗎？」

艾倫呼喚後，楚便現身。入口的人們看見這個精靈的瞬間，發出了恐懼的尖叫。

「啊，各位，對不起！沒事的！」

『公主殿下？』

「楚，我有件事想請妳幫忙。可以跟我來一下嗎？」

『遵命。』

艾倫牽起楚的手，回到羅威爾身邊。

當艾倫帶著楚回去後，正好看到拉菲莉亞拖著滿身是血的男人，把他們丟到屋外的場面。

「呀！」

「咦？咦？」

艾倫看見被揍得七葷八素的男人，嚇了一跳，拉菲莉亞見狀，道了聲歉。

「也難怪妳會嚇到。這小丫頭真的是隻猛獸。」

「咦？」

「伯父，你真的很沒禮貌耶！我已經手下留情了啦！」

「我也贊同羅威爾大人的意見。她就是看準了艾倫小姐不在場，想幹嘛就幹嘛……」

「你也想被我揍扁嗎？」

「不用了。」

既然拉菲莉亞他們沒事就好，但艾倫實在很怕血。因此她別開視線，不忍直視。

「吾也大吃一驚……」

連凡都對拉菲莉亞退避三舍。明明有羅威爾看著拉菲莉亞，在艾倫去叫楚的這段時間內，到底發生什麼事了？

當艾倫困惑地眨著眼睛時，羅威爾注意到楚的存在，說了聲：「原來如此。」

「楚，妳可以來一下嗎？幫我看看這幫傢伙有幾個同夥。」

『遵命。』

楚轉動了脖子，把臉貼近男人面前。男人看見楚轉動脖子的模樣，不禁發出含糊的哀號。

『十一。』

楚這聲回答讓羅威爾皺起眉頭。

「多了……附近城鎮有三個人，小屋裡兩個人，外面五個人……還少了一個人。」

艾倫接著思索殘黨會在哪裡。

（還有一個人……既然是凡沒發現的人，那會在建築物裡面嗎？）

「楚，妳知道剩下一個人在哪裡嗎？」

『遵命。』

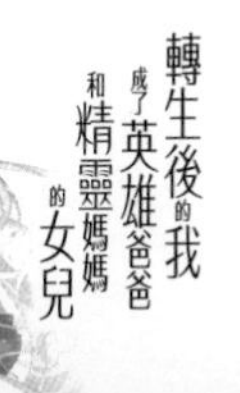

當楚要再次讀心時，遠處傳來幾匹馬奔跑的聲音。

一名男人在馬匹嘶吼的同時，急忙停下。他下馬後，環伺四周，接著目不轉睛地盯著那些被綁的男人們。

「這、這到底是……！」

叫出這句話的人，是個三十幾歲的陌生男性。從那很有格調的站姿來看，想必是這裡的領主。

一起來到這裡的賈迪爾等人看到人已經被逮住，都驚訝不已。

當艾倫看到以護衛身分跟著領主來到這裡的兩名男性，不禁瞪大雙眼。

「爸爸！殘黨就在領主大人的旁邊！」

艾倫這聲叫喊，令領主一陣錯愕。

「咦……？」

『左邊。』

楚說完，背部那些像樹枝一樣的骨頭，全都對著左側的男人。領主不知為何，只覺得毛骨悚然。他慢慢轉動脖子，朝眼前那不可思議的東西所指的方向看去。

「嘖！」

領主聽見右側傳出一道咂嘴的聲音。男人疾如風地通過領主面前，直撲位在前方的拉菲莉亞，同時手裡拿著某樣東西對著她。

「拉菲莉亞！」

「咦？」

艾倫這聲尖叫也引起拉菲莉亞的注意，但晚了一瞬間。

男人手裡的小刀已經來到眼前，當拉菲莉亞察覺的瞬間，身邊傳出那道聲音：

「居然敢在我眼前對小姑娘動手，膽子挺大的嘛。」

奧絲圖現出身形，並將拿著小刀的男人揍飛。

「唔啊！」

男人在空中劃出一條拋物線，接著調整好姿勢，轉了一圈後著地。

他不死心地再度衝上前。但他的前方有奧絲圖在，奧絲圖笑著握緊拳頭，弄得指頭不斷發出聲響。

但這時，奧絲圖和男人面前，出現了不知道是什麼東西形成的牆壁。

「不准靠近拉菲莉亞——！」

這次是卡爾的聲音。從那道黑牆中，還能聽見大量蟲子的振翅聲。

「唔……該死，是蜜蜂嗎！」

男人急忙用手揮開在臉附近飛舞的蜜蜂，卻是徒勞。

別說揮開了，他的身體各處都出現螫傷的痕跡，男人於是發出慘叫。

「謝謝你，卡爾！叫蟲子們閃開！」

「啊？咦？」

「哦？」

奧絲圖和卡爾眨了眨眼。卡爾急忙命令蜜蜂退開，那些黑色物體也就迅速散開。拉菲莉亞看準了時機，在絕妙的時間點衝了出去。

「你竟敢對我的家人出手！」

本以為拉菲莉亞已經來到眼前，沒想到卻不見她的身影，她的聲音在不知不覺間，已經來到男人頭頂。原來是拉菲莉亞往地上輕輕一蹬，跳到上面了。

拉菲莉亞就這麼在半空中轉一圈，接著用腳後跟對著男人的頭頂很狠劈下去。男人隨著一道驚悚的聲音倒下。

「……所以我才說這隻猛獸實在是……」

羅威爾傻眼地聳了聳肩。

拉菲莉亞無聲落地後，衝著卡爾和奧絲圖笑。

「謝謝你們了！」

「呃……噢。」

「謝什麼？根本不用我出馬嘛。」

奧絲圖的心情顯得有些複雜。卡爾則是舉起單手回應。

但沒想到出事的人——竟是艾倫。

「……艾倫？」

當艾倫看見男人的攻擊往拉菲莉亞去，瞬間感覺到心臟一帶就像被人掐住一樣。

艾倫在驚嚇之餘，造成呼吸困難。察覺這點的拉菲莉亞，急忙抱起艾倫，搓著她的背。

羅威爾、凱，以及眾人也趕來艾倫身邊。

「艾倫，艾倫，沒事的，慢慢呼吸。」

「呼……呼……呼……」

艾倫緊抓著拉菲莉亞，緩緩抬頭看著她。

見拉菲莉亞一臉擔憂的神情，艾倫的眼裡堆滿了淚水。

拉菲莉亞一邊搓著艾倫的背，一邊輕聲叫著她。

「沒事了，妳放心吧，艾倫。已經結束了喔。」

「拉……菲莉……亞……」

羅威爾本想接管陷入恐慌狀態而不停發抖的艾倫，但艾倫卻緊抓著拉菲莉亞的衣服，不肯放手。

「妳……沒事……？」

「沒事，我沒事喔。也沒受傷喔。」

「沒有……？沒有……受傷……？」

艾倫在顫抖之中，看著拉菲莉亞，眼淚一顆一顆掉落。她不斷、不斷地確認拉菲莉亞是

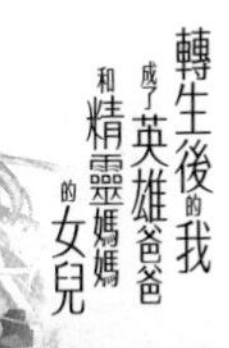

否平安。

「太好……太好了……！」

艾倫嚎啕大哭，眼淚就像河水潰堤一樣，不斷湧出。見艾倫緊抓著自己不放，拉菲莉亞一開始還很訝異，後來卻漸漸變成羞怯開心的表情。

「艾倫，謝謝妳……」

拉菲莉亞緊緊抱住艾倫，就像守護一件寶物那樣。

第三十七話　重逢

羅威爾和凡將男人們轉移到索沃爾那裡後，事情總算告了一個段落。

賈迪爾和傑佛瑞達成蜂蠟交易，艾倫等人叫來大精靈，替崔斯坦和拉菲莉亞的外公治療，忙得不可開交。

崔斯坦後來被送到菲爾費德的治療院，好不容易保住了性命，在床上睡了很長一段時間。

在一旁打瞌睡的人是艾莉雅。她全身罩著白布，打扮得像個修女。艾莉雅片刻不離地留在崔斯坦身旁照料他。

拉菲莉亞請眾人迴避後，進入病房。艾莉雅抬頭看著她，神情顯得非常尷尬。

雖然外界盛傳她是個一身黑的女人，臉卻和過去記憶中一樣普通。只不過，她的臉現在已經比記憶中還要消瘦憔悴了。

「……這個人為什麼會被打成這樣？」

拉菲莉亞提問後，艾莉雅以沙啞的聲音回答：

「為了……保護我……」

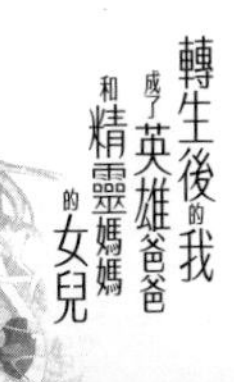

「是喔。」

聽到拉菲莉亞冰冷的語氣，艾莉雅瑟縮了身體。或許是內心留有拋棄拉菲莉亞的愧疚，她的手不斷顫抖。

「所以呢？這次是這個人？」

拉菲莉亞的言語刺傷了艾莉雅，她就這麼抬起頭。然而卻見到拉菲莉亞正瞪著自己。她以大受打擊的表情錯開拉菲莉亞的視線，接著低下頭。

「不是……真的不是。而且我又不能靠近他。」

「難說喔。」

拉菲莉亞聽了不以為然，那態度已經讓艾莉雅快哭出來了。

「為什麼妳要一臉難受？明明拋棄了我。」

「我、我沒有……！」

艾莉雅搖著頭否認，拉菲莉亞卻嗤之以鼻。

「因為大家瘋傳妳的八卦，才讓妳在凡克萊福特待不下去了嗎？」

「……唔！不是……有男人……來搗亂……」

「妳是說，妳以前的男人知道八卦的真相，就來砸店嗎？」

「…………」

對艾莉雅不死心的男人，應該已經被伊莎貝拉和索沃爾抓住了才對。因此應該是被騙的男人的親人所為。

畢竟店裡被砸得那麼徹底，拉菲莉亞原本還很擔心艾莉雅他們，但仔細想想，她應該有很多手段可以聯繫拉菲莉亞。

但她絲毫沒有採取行動，就這麼被外公外婆保護著，悄悄來到這種地方隱居。

「根本是自作自受嘛。妳是……我也是。」

「………是啊。」

四周充滿沉重的氣氛。但拉菲莉亞有非說不可的話。她就是為此而來。

「我那個時候說要給你們忠告是真的喔。以後妳住的養蜂場會開始跟王室做生意。但妳要是為難人家，王室會直接制裁妳，最好小心。」

「…………」

「不管發生什麼事，王室和貴族都不會幫妳。可是艾倫說了，要大家不要對妳下手。」

「艾倫……？」

「就是給妳定罪的女孩子。」

「咿！」

艾莉雅大概是想起來了，發出尖銳的哀號。

拉菲莉亞看了，只覺得一陣煩躁，無法繼續壓抑自己的感情。

「妳哪有必要怕她啊？妳有被艾倫救了好幾次命的自覺嗎？妳被定罪的時候，她有給過妳忠告吧？離婚的時候也是，艾倫並沒有取妳的性命。然後這是也是！」

「怎麼會……」

「妳跟我一樣，都只想到自己，不聽別人勸告。所以事情才會變成這樣。就算這樣，艾倫還是救了妳。不管別人對她做了多過分的事，她到最後還是很善良，沒有拋棄別人。我也是……以前明明百般仇視艾倫，卻根本沒想過她現在會給我這麼多救贖……」

別的不說，光是艾莉雅的臉沒有變黑，就是艾倫最大的慈悲。

艾倫大可以將艾莉雅全身上下都染黑。但之所以沒這麼做，是為了防止有人一撞見她就覺得忌諱，進而殺死她。

當拉菲莉亞這麼告訴艾莉雅，艾莉雅睜大了眼睛，以難以置信的眼神看著她。

「如果妳還要反過來記仇，下次就由我制裁妳。」

「拉菲莉亞……」

拉菲莉亞以下定決心的眼神瞪著艾莉雅，見自己的女兒如此，艾莉雅終於接受一切。她總算明白放開女兒的手的人，毫無疑問就是自己。

「我真是對不起爸爸……還有媽媽……」

「啊？幹嘛突然說這個？」

「我變成這樣，爸爸……妳外公、外婆卻沒有拋棄我……還把我藏起來，幫助我逃走。」

「…………」

「就算做了這種事，我還是他們的女兒……當我聽他們這麼說，簡直難以置信。」

「妳只是依賴著外公、外婆的溫柔吧。」

「是啊……妳說得對。我只想到自己……我那時候才知道，我根本沒有把妳當成女兒看待。」

「是啊。我以前就像是妳的所有物。」

「…………妳外公、外婆一直很擔心妳。可是他們還是說妳待在那個人身邊比較幸福……把我們忘了會比較幸福……」

「……是喔。」

「所以妳別把溫柔用在我身上，好好關心外公、外婆吧。」

「說到底，我為什麼要體貼你們這些人？他們沒有選擇我，反而在選擇妳之後逃之夭夭。我才沒有什麼溫柔體貼要用在他們身上。」

「這樣啊……說得也是……」

艾莉雅察覺說再多也沒用，聲音越變越小聲。

見艾莉雅始終不願正視自己，拉菲莉亞的心中逐漸湧出一股無法壓抑的厭惡感。

「妳已經不找藉口啦？」

「……我可以找嗎？」

「……嗯——不行。我還是無法接受。也不想聽。因為妳給我們添了這麼大的麻煩，卻死也不道一聲歉。」

拉菲莉亞覺得再繼續和她相處下去，可能會忍不住出手，決定快點離開，再也不見面。

拉菲莉亞表示她的事情已經辦完，轉身就要走。

艾莉雅知道拉菲莉亞即將離開，眼淚開始落下。

「拉菲莉亞……我的拉菲莉亞！」

「我不是妳的東西！」

拉菲莉亞轉頭拋出這句話。

「我是拉菲莉亞。拉菲莉亞・凡克萊福特。不是妳的東西。別再叫我的名字了！」

拉菲莉亞撂下這句話後，便離開了。儘管聽得見背後傳來艾莉雅的哭聲，她卻沒有再度回頭。

第三十八話　離別

一行人的馬車正跑在返回凡克萊福特的路途上，回程他們吩咐馬車慢慢行駛。剛開始大家都累得睡著，第二天起卻開始悠閒度過。到了今天第三天，當艾倫說要再辦一次烤肉串派對，精靈們都期待地睜著雪亮的眼睛。

「凡他們感覺又會獵一堆肉回來……」

「回去之後，我們這群人就不會聚在一起烤肉了，沒關係吧？賈迪斯也想好好放鬆吧？」

「是啊，沒錯。回去之後，又要開始忙了。」

所有人因為這次的事件，一口氣拉近了距離，和睦地聊著天。賈迪爾看起來很高興，大概是因為能成功和艾倫交易，讓他很興奮吧。

「殿下，蜂蠟就麻煩您了。我不會被您比下去的！」

「……原來我們不是互助，是較量嗎？」

賈迪爾一臉複雜，他重新面對艾倫，看起來好像還有其他無法接受的事。

「到了最後，妳還是不願意用名字叫我。」

「咦？殿下？」

羅威爾察覺氣氛不對頭，以駭人的表情瞪著賈迪爾。勒貝他們差點叫出聲音來。

賈迪爾並未注意到羅威爾，繼續說道：

「好啦，我不會要妳叫我賈迪爾。就賈迪斯吧。麻煩妳叫我賈迪斯。」

「殿下。」

「唔唔唔……」

見艾倫無懈可擊的應對，羅威爾大為滿足，表情立刻垮下來，開始撫摸艾倫的頭。

「幸好妳是個呆頭鵝。」

「爸爸，你又說我的壞話嗎？」

「妳要永遠保持這樣喔。」

「這是壞話吧！」

父女間的拌嘴不斷白熱化，一瞬間就抹消了賈迪爾的存在。

「嗯……真是棘手啊。」

勒貝一這麼說，賈迪爾立刻一臉彆扭地說：「吵死了。」

＊

一行人抵達野營地，當所有人都各自做準備時，艾倫跑去找拉菲莉亞。

「妳可以先自己切嗎？我去洗菜！」

「呃，要洗的話……拉菲莉亞？」

拉菲莉亞完全不看艾倫，逕自往河邊走去。

艾倫無法叫住那道背影。因為她的背影透露著「她想獨處」的訊息。

「……拉菲莉亞。」

卡爾察覺艾倫這聲擔憂，於是追著艾倫的視線前方。

「…………」

接著他拍了拍艾倫的肩膀，笑著說：「放心吧。」

拉菲莉亞一個人在冰冷的河邊清洗馬鈴薯。動作顯得有些緩慢。

這副模樣要是被別人看到，對方會擔心，所以她想自己獨處。但就算找了藉口離開，也騙不過艾倫吧。

她覺得鼻子一陣酸。艾莉雅的哭聲不斷在耳邊縈繞。母親瘦弱的模樣也已經烙印在眼裡。

拉菲莉亞是真的大受打擊。憎恨拋棄自己的母親也不假。

但她是真的一直很擔心他們。

「……嘶……」

當她一邊吸著鼻水，一邊動手，一個竹簍擺到了她的頭頂。

「……你幹嘛？」

「妳到底是在洗還是在哭啊？還是在洗自己的臉？」

「你很煩耶……」

「來啦，我幫妳。不然太陽都要下山了。」

卡爾蹲在拉菲莉亞身旁，從拉菲莉亞拿來的竹簍中，逐一拿出馬鈴薯。

兩人之間有好一陣子充斥著清洗馬鈴薯的水聲，再這樣下去，拉菲莉亞根本無法獨處，於是她開口：

「…………你去旁邊啦。看一下別人的臉色啊，笨卡爾。」

「妳說什麼！我是在擔心妳耶！」

「不用你雞婆！」

兩人的互動還是老樣子。這個時間點如此針鋒相對，卻只讓人煎熬。

「妳管我！這不像平常的妳啦！讓人渾身不對勁！」

卡爾站起來大吼，拉菲莉亞不想輸給他，也跟著起身，對著他大叫：

「我想哭的時候還是會哭啊！」

她的眼淚因為大叫，隨之潰堤。原本隱忍在心裡的情緒，現在接二連三湧出。為了不讓人擔心，她明明一直、一直忍著，這下子全白費了。

「嗚……唔……」

「不要壓著聲音哭啦……」

卡爾摟著拉菲莉亞的頭，讓她貼在自己的胸膛上。馬鈴薯從手中滑落，啪的一聲落入水中。

「你……幹嘛啦……」

「閉嘴啦，安靜地哭。」

「你跟剛剛……講的不一樣……」

拉菲莉亞本想若無其事地回嘴，嘴唇卻顫抖著，無法順利發聲。她原本還想壓抑不斷湧現的情緒，卡爾卻察覺這一點，摟住拉菲莉亞的頭，彷彿要將她藏起，不被周遭的人發現。

「閉嘴啦。」

卡爾的聲音在耳邊輕輕迴響。

「嗚嗚……笨卡爾……」

「妳這個人真的很囂張耶。」

嘴上這麼說，卡爾的聲音卻充滿溫柔。

拉菲莉亞抓著卡爾的衣服，緊緊握住。

「……我已經……再也不能去見媽媽了……」

「嗯……」

「我也見不到外公……還有外婆了……」

「嗯。」

「因為……因為我是凡克萊福特……他們又會被人盯上……噎……」

「這樣啊……很難受吧……」

被抱在懷裡的拉菲莉亞點了點頭。卡爾的胸膛一帶，逐漸被她的眼淚沾濕。

雖然剛才拉菲莉亞冷漠對待艾莉雅，那卻是必要的事。

為了不讓他們的性命再度被人盯上，為了不被敵人接觸，她才會拋出一席斷絕關係的言行。

「媽……媽媽……媽媽……」

卡爾就這麼抱緊聲淚俱下的拉菲莉亞。

第三十九話　蜂蠟

艾倫他們回到凡克萊福特之後，一口氣忙碌了起來。

由於管理養蜂場的崔斯坦倒下，正式開始交易的時間恐怕會往後延，不過現在本來就是冬天。

現在是蜜蜂們冬眠的時期，所以他們已經先請崔斯坦和拉菲莉亞的外公先休養身體。

傑佛瑞表示可以代為出售他現在手邊有的蜂蠟，艾倫就用那些蜂蠟，開始提煉藥物。但沒想到她居然開始製作以蜂蠟為素材的畫具。

「……畫具？」

也難怪賈迪爾聽聞此事後，會這麼驚訝了。畢竟當羅威爾他們得知艾倫想做的東西居然是畫具時，也嚇了一大跳。

眾人來到凡克萊福特的宅邸，目不轉睛地盯著艾倫試做的畫具，並開口詢問：

「為什麼要做畫具？」

其他人也很好奇羅威爾這道問題的答案。艾倫說過，這些東西和治療院有關，但到底有什麼關係呢？

大概是因為大家都以為艾倫會把蜂蠟拿來製藥，也就更沒想到會變成畫具了。

「這裡並非所有患者都能接受治療。最大的原因是他們沒有錢。」

「是啊。」

「但如果做慈善事業，治療院就無法成立。所以我一直在想，該怎麼解決這個問題。」

艾倫將蜂蠟溶解，與橄欖油和玉米粉，以及用她的能力製作出的滑石等物一起攪拌，做出基底溶液。

接著再製作出要當成色素的天然石，將之敲碎後混入溶液，十二色的蠟筆就這麼完成了。

賈迪爾和護衛們畢竟也在現場，所以製造方法是祕密。

「手腳受傷的患者，以後會比較難賺錢。可是有很多人如果不勉強自己工作，就無法過活。這種經濟狀態根本無法接受治療。所以更會把身體搞壞。」

「……難道妳要他們用這個畫畫嗎？」

「畫畫需要耗費龐大的時間練習，所以就算不這麼做，這個製造方法和材料雖然是祕密，做法卻很簡單。即使是腳受傷的人，只要手沒事，就可以進行攪拌作業了，不是嗎？」

「難道妳要讓患者做這個嗎！」

索沃爾聽了艾倫的想法，發出沉吟。

「這與其說是工資，反倒比較像……接受治療的交換條件。或者也可以讓病患在接受治

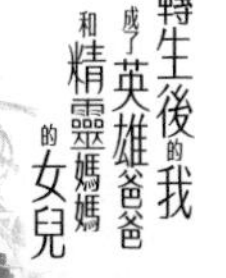

療後，稍微讓他工作活動身子。這麼一來，覺得沒錢就無法治療的人，也會過來治療了。」

「畫具的確可以賣到高價……」

畫具昂貴的理由，是因為使用的顏色。畢竟是將天然石敲碎後混合製作，價錢就跟購買寶石一樣。

此外，圖畫也是貴族們的娛樂和地位象徵。

「當然了，這個做法僅限付不出錢的人使用，其實感覺就像限定一段時間推出的特別處置方式吧……」

「材料的交易和製造，畫具的販賣……原來如此，所以妳才說三份啊。」

明白了艾倫以前說過的「三份事業」的意思，索沃爾啞口無言。

而且艾倫還說，用菲爾費德的炭製成的木炭也能拿來當畫具。

用來繪製油畫草稿的木炭，其實就是鉛筆的原型。傑佛瑞聽到王室不只要經手蜂蠟，連木炭都要買，興奮地簽下兩份合約。

「經營繪畫教室來畫畫應該也不錯。」

「……不聘請專業畫家嗎？」

「是要讓患者畫。」

「為什麼？」

羅威爾不懂為什麼要讓患者來畫，艾倫於是解釋箇中理由。

「我們的目的不是販賣，畫畫本身才是最重要的。而且不只畫畫，也能讓患者照顧植物或是接觸動物……不會造成負擔的小事才是最重要的。」

「就像轉換心情那樣嗎？」

「對。受傷生病的人，心通常也會受傷。就算想工作也不行，身體無法隨心所欲行動。這些原因造成的不安，可能會形成新的病灶。」

艾倫一邊排列做好的蠟筆，一邊向羅威爾等人解釋：

「畫得好的作品可以請人收購。這麼一來，就會變成一大筆錢。如果能一邊治療，一邊賺錢，我想大家就不會抗拒治病這件事了……」

艾倫這話說得有點沒自信、偏保守。她不知道這件事能不能順利上軌道，但每個人都確信賣得掉。

「我看這件事反而會變成一個契機，讓凡克萊福特成為畫家發源地吧？」

索沃爾等人聽了賈迪爾這句話，不禁愣在原地。

這件事很有可能成真。因為凡克萊福特現在與其說是騎士眾多的土地，治療院的知名度反而節節攀升。

「這次該不會有很多想學畫畫的人蜂擁而至吧……？」

相乘效果根本不只三份事業。一想到未來可能會更加忙碌，索沃爾就覺得他的胃痛要復發了。

賈迪爾察覺索沃爾的狀態，看準了時機笑道：

「放心吧，索沃爾。我會接管大部分事業。」

「……殿下？」

「畫家主要都在王都。有很多畫家抱怨畫都賣不出去。我可以從中斡旋，讓他們來凡克萊福特。對了，要我們買畫也行喔。只要賣到王都，畫的價值就會提高吧？」

賈迪爾那燦爛的笑容，與拉比西耶爾重疊在一起。

首先對此有反應的人是羅威爾。

「唔……你露出一副不好對付的嘴臉喔！」

「一想到錢會流到王都，我就莫名感到雀躍。這種心情是什麼啊？」

「嗚哇啊啊啊！這裡毫無疑問有個那傢伙的兒子！」

羅威爾這道大不敬的吼聲，讓樂在其中的賈迪爾不禁開口：

「原來如此。我好像明白陛下看上羅威爾閣下的理由了。」

「別說了！」

見羅威爾反應如此之大，艾倫嘆了一口氣。

「爸爸，你被玩弄了。」

「艾倫，救我！」

羅威爾彷彿要逃離賈迪爾那般，抱緊了艾倫，幾乎要將她壓扁了。

「唔咕嗚嗚嗚！」

賈迪爾看著羅威爾不斷磨蹭著艾倫，開心地笑了。

之後，他們將蠟筆試做品發給畫家畫畫，從普及蠟筆這種畫具開始著手。

這於是成了賈迪爾結合凡克萊福特的新事業。

賈迪爾將此事報告拉比西耶爾後，獲得了可說是首次的讚賞。

現在到正式開始交易蜂蠟的春天為止，還有一段時間。他們有許多事情要做。

賈迪爾想向著光明開闊的未來，內心興奮不已。

第四十話 尾聲

賈迪爾因為這次事件，拉近了與凡克萊福特家的關係，常藉著視察的名目，來到凡克萊福特。

「您又來了嗎？」

「羅威爾閣下，麻煩你設結界。我今天想去看助產院。」

「那邊男賓止步。」

「這是騙我的吧。我聽說那裡也有給男性的講習場所，教他們如何協助育兒。」

「嘖！」

面對逐步進化成拉比西耶爾的賈迪爾，羅威爾苦著一張臉，只覺得他越來越難對付了。

「艾倫不在嗎？」

「我才不會讓你們見面！」

雙方時而如此針鋒相對，時而停歇。

拉菲莉亞回到凡克萊福特後，馬上舉步往索沃爾那裡去。

當她看見莉莉安娜也在書房，感到有些驚訝。不過索沃爾一見到拉菲莉亞，便抱緊了她。

「呼……幸好妳平安無事。」

「我回來了，爸爸。」

「嗯，歡迎回來。」

莉莉安娜欣慰地看著父女擁抱，接著就要離開書房，卻被拉菲莉亞阻止了。

「我希望你們都先坐下，聽我說一件事。」

「……怎麼啦？」

「先坐下啦。」

他們兩人坐在對面的沙發上，拉菲莉亞接著以毫無陰霾的表情開口：

「我跟媽媽斷絕關係了。我不會再去見她了。」

「……這樣好嗎？」

「哪有什麼好不好？是那些人丟下我，自己跑路了耶。事到如今，我才不想理他們。而且給人添了這麼大的麻煩，卻死都不道歉。太離譜了。」

「……這樣啊。」

莉莉安娜一臉沉痛。正因為她愛著自己的兒子，更能明白事態一定非常嚴重，才會和親生孩子斷絕關係。

「啊——所以啊，爸爸……」

「什麼事？」

「我希望你不要再介懷媽媽的事，往前走吧。我希望你不要再壓抑自己了。」

「咦……」

「還有，莉莉安娜小姐也是……就是，那個……」

「呃……妳的意思是……」

莉莉安娜困惑地看向索沃爾。索沃爾也一臉始料未及。

「我知道爸爸你就算離婚了，還是把媽媽放在心上。畢竟我還在你身邊，你更會介意。可是我看她也有新對象了，爸爸你還是別再想著她了。」

「不會吧……都被定罪了耶？」

「她自己是否認了，但事到如今誰信啊。」

「這……這樣啊……也對，她以前連女神的忠告都不聽了，當我沒問……」

拉菲莉亞眼神一撇，確認索沃爾的表情。當她發現索沃爾與其說是大受打擊，反倒比較像傻眼，不禁輕笑。

「那個，莉莉安娜小姐……」

「是。」

「爸爸他不行嗎？」

「咦！」

「不行嗎？」

「我、我沒有那麼失禮的想法……！」

「真的嗎？」

「……是啊。我反而覺得他太好了。」

聽到莉莉安娜的回答，拉菲莉亞開心地笑了。

「那妳願意當我的媽媽嗎？」

「哎呀……！」

「拉、拉菲莉亞！這句話應該由我說吧！」

「可是你都不說啊。所以我才會開口拜託嘛。既然要說，當然是現在！」

「不不不不行！我來說！莉莉安娜小姐！請跟我結婚！」

「……唔！」

莉莉安娜雙手摀著嘴巴，眼淚一滴一滴落下。

「啊啊啊……妳別哭。我不希望妳哭，希望妳能開心啊。」

坐在旁邊的索沃爾將莉莉安娜摟進懷裡後，莉莉安娜哭著道了聲歉。

「我……可以嗎？」

「我們就要妳！」

當拉菲莉亞笑著這麼說，莉莉安娜說了一句她很開心，結果又哭了。

＊

艾倫要來凡克萊福特的時候，不知道為什麼，奧絲圖也開始跟著來了。

似乎是很在意拉菲莉亞在事件之後的狀態。

「拉菲莉亞——！」

「艾倫——！」

看到兩人又叫又鬧地抱在一起，奧絲圖這才鬆了一口氣。

「嗨，妳恢復精神啦。」

「謝謝奧絲圖！還有啊，我決定要多一個媽媽了！」

「咦？咦咦咦咦咦咦咦咦！」

莉莉安娜小姐？是莉莉安娜小姐吧——艾倫不斷確認著。

「嗯。嘿嘿嘿。因為爸爸一直不說，我就說出來了。」

拉菲莉亞得意地笑著表示自己將了父親一軍，她的表情毫無陰霾。艾倫於是大叫恭喜，替她感到開心。

「要好好慶祝才行！」

「謝謝妳！」

「啊，這樣的話，休姆就會變成妳的哥哥了。」

「呃！我忘記那傢伙了！」

妳討厭他嗎——奧絲圖欣慰地看著艾倫與拉菲莉亞這般互動。

「女兒也不錯嘛。」

奧絲圖這句話，惹來凡一陣錯愕。

「幹嘛，小不點？」

「沒有……只是……吾聽說父親和母親的求偶行為，激烈到會讓整座山變成平地……」

「有這回事嗎？」

「咦？什麼意思？我超好奇的。」

艾倫和拉菲莉亞在不知不覺間，已經興致勃勃地看著奧絲圖和凡了。

『沒什麼啦！』

奧絲圖突然獸化，趴在地上。那副模樣實在是驚艷全場。奧絲圖獸化後的樣子，有好幾台十人座共乘馬車那麼大，令艾倫發出興奮的聲音。

「唔哦哦哦哦哦哦哦哦哦哦哦哦哦哦！」

「咦？什麼！我還是第一次聽艾倫叫成這樣耶！」

「毛茸茸！毛茸茸！」

「咦？什麼？怎樣啊！妳還好吧！」

艾倫一邊跳，嘴裡一邊唸著「毛茸茸」，然後靠近奧絲圖，並直接跳進趴在地上的奧絲圖的肚子裡。

「毛茸～～～嗯！」

『公主顛下————！您都有吾了，這樣是出軌喔————！』

艾倫的身體被包圍在一股暖意和彈力中，她的表情顯得很幸福。

快哭出來的凡跟著獸化，不斷在旁邊打轉。

「唔唔～～嗯……包覆著我喔喔……」

見艾倫如此陶醉，拉菲莉亞也吞了吞口水。

奧絲圖聽見那道聲音，不懷好意地笑著說：

『小姑娘妳也來吧，來試試看我的毛。』

「可、可以嗎……？那我就失禮了……」

拉菲莉亞輕輕抱住艾倫旁邊的區域，沒想到竟有一股無法言喻的幸福在等著她。

「這是什麼～～～～～～～～～……！」

「毛茸茸～～呼～～～～好幸福……」

『公主顛下————！』

凡大叫著。凱面無表情地告知奧絲圖後，也開始揉捏她的肉球。

『連你都這樣！明明跟吾締結契約了！』

「因為你不肯讓我摸肉球。」

『廢話！』

『看來我的桃花運來了。』

儘管艾倫很想吐槽奧絲圖是從哪裡學到這句話的，卻因為毛皮的觸感太過舒服，總覺得無所謂了。

「凡、凡，這邊，你來這邊。」

『嗚嗚……公主顛下……』

艾倫躺在奧絲圖的背上，呼喚愁眉苦臉的凡過去。

「夾住！夾住我！」

『……這樣嗎？』

凡輕輕靠近艾倫，將她夾在自己和奧絲圖中間。雖然拉菲莉亞也被夾在裡面，但這是艾倫的希望，凡也無可奈何。

「毛茸茸三明治～～～！」

艾倫替這個情況命名後，顯得非常幸福。

「呼～～～……這會把我變成廢人……凡也棒呆了……」

見艾倫如此幸福，凡也稍微滿足了。

艾倫和拉菲莉亞被夾在溫暖的毛皮中，迷迷糊糊地就快睡著了。

艾倫挪到拉菲莉亞身邊，握住她的手。

兩人就這樣，被包覆在暖意當中，相親相愛地入睡。

*

另一方面，海格納王城這時籠罩在滂沱的雷雨之中。有個女人從王城的某個房間望著窗外。

她聽完進入房間的士兵說的話後，痛恨似的發出大叫。雷聲卻蓋過了她的聲音。

「夠了！退下！」

她雖然想殺了行禮離開的士兵，但要是真做了，將會被趕出這裡。

女人多次想把那個人推入黑暗當中，卻屢屢失敗，現在一聽說又失敗，她的焦躁已經停不下來。

她咬指甲的習慣總是改不掉。想起那名可憎的女人臉孔，她在咬著指甲的同時，也咬住嘴唇。

甚至沒有發現焦躁完全支配她的情緒，已經開始流血。

「為什麼總是那女人……」

自己的容身之處和一切都被奪走。而那個人明明是後來才出現的人，卻剝奪了自己的一切。

明明同樣和母親分離，為什麼卻只有她能厚著臉皮賴在那裡？

「乖乖落得跟我一樣的下場就好了啊……」

噢，我差點忘了。因為那女人的血有一半是假的。所以沒辦法。她混著卑賤平民的血，所以沒辦法。

女人低聲嘟囔著。此時在遠處監視女人的「耳目」，就這麼如實上報。

男人聽了報告後，只覺得無趣地吩咐對方繼續放著不管。

「叛徒果然就是叛徒啊。」

男人笑著說，並單手搖著裝有紅酒的玻璃杯。

他一邊啜飲色如血的紅酒，一邊說：

「必須肅清叛徒。我們精靈就是如此希望。」

當男人一口氣喝光玻璃杯中的紅酒，世界宛如贊同他的話語般，降下一道響徹周遭的雷鳴。

後記

一下子就到第五集了耶。感謝大家購買。

這一集我另外寫了目前不打算在網路上公開的故事。

我在網路上有稍微寫到一部分，本來想說應該無法回收這個伏筆了，沒想到責編大人居然叫我寫！當我獲得許可的時候，真的非常開心。謝謝責編！

拉菲莉亞身邊的故事，在這一集就告一個段落了。

艾莉雅看見自己雙親的舉動，總算明白自己對拉菲莉亞做了什麼，所以如果她以後有什麼改變，應該就是從這裡開始吧。

（以時間線來說，定罪之後還不到一年。）

我覺得拉菲莉亞真的有改變。她的心境其實就包含在她最後所說的「多了一個媽媽」這句話當中。

在這部作品中，拉菲莉亞和艾莉雅的設定變得尤其多。

我聽取週遭人們的意見，一邊與責編商量，一邊改寫這兩個人。

在一開始的設定中，拉菲莉亞會和艾莉雅一起被定罪。但寫到途中時，許多讀者表示希望能救救拉菲莉亞，我才更改了設定。

說實話，我原本沒想到她會變得這麼多。

她是個倔強、自信滿滿，卻會在背地裡努力的女孩子。勇往直前的拉菲莉亞是個非常生動的角色。

另外，本作的漫畫第三集已在二〇二〇年的三月發售，我的作家人生到此正好迎接第二年。

去年漫畫發售，小說第一集經過翻譯，已在韓國和台灣發售。

這也都是多虧了大家支持。真的非常謝謝各位。

希望未來我還能繼續寫下生動活潑的艾倫等人。

承續上一集，這次也購買了本作的人們、在網路上我加油的各位。

給了我諸多照顧的責編K大人、T大人、校對大人以及封面設計大人、業務T大人。

在百忙之中替我繪製插圖的keepout大人。

負責漫畫化的大堀ユタカ大人、SQUARE ENIX的責編W大人。

所有替我加油的朋友、催促我快寫後續的哥哥姊姊們，再加上伯父、嬸嬸，我實在害羞得很開心。

真的非常謝謝各位。我會繼續加油！

希望我們下一集還能再見。謝謝大家！

繼母的拖油瓶是我的前女友 1~5 待續

作者：紙城境介　插畫：たかやKi

純真無悔的單相思，
以及再次萌芽的初戀將會如何發展──？

自從結女在夏日祭典確定了自己的感情後，兩人變得更加在意彼此。而當暑假將近尾聲，照慣例泡在水斗房間的伊佐奈，不慎被結女母親撞見她與水斗的嬉鬧場面，在眾人眼中升級成了「現任女友」！然後，伊佐奈與水斗的傳聞，進一步傳遍新學期的高中……

各 **NT$220~250/HK$73~83**

刮掉鬍子的我與撿到的女高中生 1~5（完）

作者：しめさば　插畫：ぶーた

「吉田先生，能遇見你這位有鬍渣的上班族實在太好了。」
上班族與女高中生的同居戀愛喜劇，堂堂完結！

吉田和沙優前往北海道，意味著稍稍延後的別離已然到來。在那之前，沙優表示「想順便經過高中」——導致她無法當個普通女高中生的事發現場。沙優終於要面對讓她不惜蹺家，一直避免正視的往事。而為了推動沙優前進，吉田爬上夜晚學校的階梯……

各 NT$200~250/HK$67~83

國家圖書館出版品預行編目資料

轉生後的我成了英雄爸爸和精靈媽媽的女兒/松浦作；楊采儒譯. -- 初版. -- 臺北市：臺灣角川股份有限公司, 2022.01-

冊；　公分. -- (Kadokawa fantastic novels)

譯自：父は英雄、母は精霊、娘の私は転生者。

ISBN 978-626-321-114-8(第5冊：平裝)

861.57　　110019017

Kadokawa
Fantastic
Novels

轉生後的我成了英雄爸爸和精靈媽媽的女兒 5

（原著名：父は英雄、母は精霊、娘の私は転生者。5）

2022年1月13日 初版第1刷發行
2022年3月18日 初版第2刷發行

作者：松浦
插畫：keepout
譯者：楊采儒

發行人：岩崎剛人
總編輯：蔡佩芬
編輯：黎夢萍
美術設計：宋芳茹
印務：李明修（主任）、張加恩（主任）、張凱棋

發行所：台灣角川股份有限公司
地址：104台北市中山區松江路223號3樓
電話：（02）2515-3000
傳真：（02）2515-0033
網址：www.kadokawa.com.tw
劃撥帳戶：台灣角川股份有限公司
劃撥帳號：19487412
法律顧問：有澤法律事務所
製版：尚騰印刷事業有限公司
ISBN：978-626-321-114-8
